AF448592

HABITANT

Víctor Manuel

MANTÍCORA
EDICIONES

© Habitant.
Colección: Ciencia Ficción Chilena
Sello: Layca
Primera edición: Enero 2023

© Víctor Manuel

Edición general: Martin Muñoz
Ilustración de portada: José Canales
Ilustraciones Interiores: Luis Naranjo
Corrección de textos y estilo: Felipe Uribe
Diagramación: Martín Muñoz Kaiser

MANTÍCORA
EDICIONES

LAYCA

© Mantícora Ediciones
www.manticora.cl
@manticoraediciones
@manticoraED
Esmeralda 973 Of 502, Valparaíso, Chile.

ISBN: 978-956-6228-00-4
Registro de Propiedad Intelectual N°: 2022-A-10348

Para las mentes inquietas.

*Con tan solo mirarnos a nosotros mismos
podemos ver cómo la vida inteligente
podría resultar ser algo que
no nos gustaría conocer.*
Stephen Hawking

Advertencia a los lectores

Siempre he creído que las historias fueron creadas para ser contadas y cada generación debe asumir esa gran responsabilidad. En tus manos tienes un relato que nos describe hechos históricos. Reconocerás sucesos y lugares que existieron o que existen. Sin embargo, al leer estas páginas hazlo sabiendo que este relato no pertenece a una persona común. Nuestro protagonista estuvo entre nosotros por mucho tiempo: la historia y la mitología, de hecho, lo mencionan de diferentes maneras y con diferentes nombres. La siguiente crónica no tiene como objetivo cuestionar tus ideas personales acerca del mundo y su devenir, sino que más bien intenta incorporar a ese rompecabezas cognitivo una pieza de encaje explicativo que nos acerque a la verdad.

Al fin y al cabo, las creencias que mantienen unidas a las sociedades son producto del consenso generalizado de sus miembros y no tienen relación con la verdad.

Recuerda siempre que el privilegio de estar en este mundo es importante y codiciado; muchos otros anhelan la oportunidad de existir. La razón es más compleja que la vida misma, y aun cuando la mayoría piense que la realidad y la ficción transcurren en planos diferentes, el mundo está lleno de maravillas que sobrepasan la lógica y los límites de nuestro entendimiento. Creer o no, dependerá de ti, querido lector.

Víctor Manuel.

Primero
Un recuerdo lejano

Año desconocido en el futuro, después del cataclismo.

Pienso en el rostro del lago.
En sus ojos.

En ese cabello, había mucho cabello; quizá, barba en su cara, no lo puedo asegurar. No recuerdo bien las cosas, ni siquiera los nombres; hasta los sabores me resultan ajenos. Quisiera saber cuánto tiempo llevo en este oscuro lugar, qué es este sitio que me aprisiona. Solo recuerdo que no recuerdo.

Abro los ojos. Oscuridad. Paredes. Soledad. ¿Son paredes?

Contar los días es imposible. Simplemente se han ido, como mi nombre y mi memoria.

Lucho de forma constante con mi cuerpo, no sé si es normal no poder moverme; lo intento, pero no funciona. Percibo un olor repugnante, que no se va aunque cierre los ojos.

***

Luz. Algo pasa. Me duelen los ojos. Me incorporo de a poco, observo las paredes. Estoy en una especie de cabina circular, con luces que parpadean en el centro. Símbolos y números que no entiendo pasan por una pantalla, una y otra vez. ¿Cómo salgo de aquí? ¿Es una prisión? Necesito pedir ayuda. Tengo miedo. Estoy solo.

El olor putrefacto me impide respirar con normalidad. Obligo a mis músculos a reaccionar. Me levanto de algo que parece una silla, mis huesos crujen. Me desplomo.

Estando en el piso, sin poder levantarme, creo ver una salida. Me arrastro hacia ella. No tengo fuerza para abrir, pero lo deseo. La puerta se abre. Entra luz por fin y siento, después de mucho tiempo, alivio.

Salto de aquella extraña prisión y el golpe me hace sentir vivo. Escupo sangre. Aunque el viento es hostil, avanzo sin rumbo, convencido de que ese es el camino correcto. El sol y la noche pasan muchas veces. Mi piel muestra grietas profundas. Vuelvo a cerrar los ojos.

—¡Despierta! —Escucho una voz a lo lejos—. ¡Despierta! —Una especie de punzón se clava en mi costilla—. El rey te espera.

Me llevan en una jaula dorada. En los barrotes hay palabras escritas en un idioma que no puedo leer. Hay símbolos que me resultan familiares, pero no logro recordar. Los hombres que me escoltan me resultan parecidos a mí, pero no puedo asegurarlo. Ni siquiera sé cómo soy yo.

Llegamos a una especie de montaña pulida o roca construida con un material que se asemeja al sol. Brilla tanto que es imposible mirarla de modo fijo. Uno de los escoltas abre la jaula y me tira de un brazo. Caigo al suelo.

—¡Arrodíllate ante el gran y excelentísimo Zirah, rey de los primeros, hijo de Thur, gobernante de Tiamat! —declamó mi captor.

Me quedo mirando el piso. Un escalofrío me recorre el cuerpo. Levanto la mirada y lo veo. Su rostro es aterrador: está cubierto de escamas y tiene los ojos negros como la soledad infinita; la lengua bífida entra y sale de entre los inexistentes labios. Los brazos son largos y los dedos afilados; además, una enorme cola se mueve al ritmo de las zancadas que lo acercan a mí.

—¿Quién eres? —su voz paraliza mis sentidos.

—No recuerdo quién soy ni de dónde vengo —logro responder con un hilo de voz.

El rey mira a sus hombres y hace un gesto. Me llevan a un calabozo. Hay más prisioneros, muchos otros. Me tiran dentro de una celda, como si estuviese muerto.

Me encierro en mis reflexiones. Pienso en el vacío, en que quiero pasar desapercibido. Nadie me toca: pasan por mi lado como si no estuviese ahí, como si no pudiesen verme.

Los cautivos muestran su naturaleza animal. Se matan entre ellos. Se alimentan de los muertos para prolongar su propia existencia.

—¿Por qué te comportas así? —pregunto al último superviviente.

No responde, parece asustado. Vuelvo a preguntar. Comienza a gritar, a golpearse la cabeza contra la pared. Cae desplomado. No se levanta.

No sé cuántos días han transcurrido, estoy solo. La tranquilidad se rompe con la llegada de un nuevo prisionero. Es joven, muy joven, de rostro escuálido y ojeras como surcos. Me mira y me sonríe temeroso.

—Triciuh, hijo de Calieh, de la tierra seca de las montañas negras; espero que no se enoje conmigo —dice, transparentando miedo y tristeza.

Lo miro sin decir nada.

El tiempo vuelve a correr. Triciuh se ha ido desvaneciendo poco a poco. Recién comprendo que esto no es una prisión. Es una condena a muerte. Quienes entran no salen hasta expirar. Cinco personas me han acompañado en mi celda: soy el único sobreviviente. No siento frío ni hambre. Permanezco sentado en un rincón de la celda, tratando de recordar quién soy. Mi mente divaga, intentando descifrar el mundo en el que me encuentro. Me distraigo pensando en galaxias, estrellas, planetas y la vida que estos albergan. Hasta ahora no me había preocupado por otra persona que no fuese yo. Este niño me ha hecho cuestionarme aquello. Siento que le debo algo. Decido que debo salir de este lugar y llevarlo conmigo. ¿Pero cómo, cómo escapar?

Recuerdo lo que pasa cuando alguien muere. Viene un guardia y saca su cuerpo para quemarlo. Me tiro al piso y finjo estar muerto, pensando que una vez fuera podré volver por el muchacho, liberarlo y escapar.

Han pasado tres días sin que nadie baje a los calabozos. Mi compañero ya comienza a sentir los efectos de la inanición. Morirá si no hago nada al respecto. Me levanto y comienzo a desear que los barrotes se doblen y se derritan.

Sucede.

Tomo al muchacho entre mis brazos y camino con la cabeza gacha, pidiendo en mi mente que nadie nos vea. En efecto, nadie nota nuestro escape, así como tampoco nuestro paso por la ciudad o cuando cruzamos las murallas y nos perdemos en el horizonte.

I
Parupak el viajero

Libro del primero, génesis.
Planeta Ninzu.

Mi padre conservaba en sus archivos dibujos y notas respecto de los humanos. La información era siempre ambigua y las historias que de ellos contaban las antiguas deidades de Ninzu resultaban en su mayoría aterradoras.

Nací en el año treinta mil D. E. (después de Enki). Mi padre, un soldado de nivel medio, me engendró en las colinas del monte Tarupá, en la ciudad de Teruck. Cuando de nombres se trataba, los grises eran muy preocupados y místicos en la elección. Mi progenitor demoró mil años en iluminarse con mi nombre.

Sucedió una noche que coincidió con el cruce de las lunas.

—¡Parupak! ¡Parupak! —La voz del guerrero Trenka resonó como un tornado por las calles.

En su origen, Parupak significa: "El que de mente se extiende".

Durante mis primeros siglos aprendí a manipular la energía de la naturaleza y la materia de nuestro planeta. Comprendí que todo ser y todo objeto creado tienen un propósito y una duración; que cada luz y cada color transmiten mensajes diferentes; que la vida circundante es una sola en su origen y formación. Si no existiera el equilibrio, los mundos posibles se reducirían a nada.

En los milenios siguientes dominé los tres aspectos esenciales que cada ninzuniano debe controlar: telepatía, matemáticas y tecnología. Cada uno disímil en su particularidad, pero congruente en su omnipotencia. Luego estudié y practiqué combate con armas, lucha cuerpo a cuerpo y estrategia. Como hijo unigénito de Trenka, mi vida estaba destinada a la milicia: así había sido y así sería por generaciones, a excepción de nuestro Tronque (el primero del que nuestro linaje se desprende), que fue nombrado por el rey AN durante los primeros eones como sacerdote supremo de Ninzu. Mi padre me había contado historias sorprendentes de nuestro Tronque y de cómo llegó a tener un puesto tan alto. Pero esa historia merece un capítulo aparte.

Al alcanzar la mediana edad, en un congreso que reunió a muchas familias, en la selva Mirack, conocí a mis iguales. La razón de esta asamblea era hablar de los habitantes del planeta Tiamat, lo cual resultaba nuevo para mí. La reunión comenzó cuando los soles de Ninzu se encontraban paralelos a las lunas rojas.

—El hombre es un peligro para nosotros y para ellos mismos —declamó Krucerckh Urucco, cuyo nombre significa: "El de espíritu salvador".

Recordé un cuento de infancia acerca del tigre Tirudoth: existía un tigre de tres metros de altura, rojo y que podía reproducirse solo, sin la ayuda de un compañero; podía, además, correr a velocidades jamás vistas por ningún gris y hasta saltar montañas. Tirudoth o "Tigre de sangre" era magnífico en todos los sentidos, pero su raza desapareció transcurridos tres mil seiscientos millones de años. Y es que en las noches de luna llena luchaban los padres contra sus hijos. El vencedor devoraba al perdedor en una suerte de ritual malévolo. Se dice que prolongaban su existencia comiéndose la carne de su simiente, adquiriendo sus años potenciales de vida. El precio a pagar por la búsqueda de la inmortalidad fue la condena del creador. Cuando solo quedó uno vivo, este se devoró a sí mismo.

Era posible que los habitantes de Tiamat terminaran de la misma forma, y sentí tristeza por ellos.

La asamblea se extendió por ocho mil setecientas sesenta horas solares y se llegó a varios acuerdos, entre ellos los siguientes: visitaríamos a los seres humanos durante su crecimiento; estudiaríamos la flora y la fauna del planeta; y, por último, experimentaríamos con animales. Ahora bien, estaría prohibido intervenir en las acciones de los sujetos inteligentes.

Los acuerdos establecidos debían ser respetados bajo juramento al rey AN. Si alguno de los puntos anteriores llegaba a transgredirse, las penas serían ejemplares. Cuando la asamblea terminó, los clanes volvieron a sus carros estelares y pusieron rumbo a su región para seguir con sus labores. Estaba a punto de seguir a los demás, cuando un viento sopló sobre los grandes árboles de Shión y una hoja tocó las aguas del río Tara, provocando ondas en la superficie. En el reflejo vi unos pequeños ojos azules, enmarcados por un pelo que crecía en algunas partes de la cara y la cabeza; ese ser tenía la piel clara y una expresión diferente. Jamás había visto algo así. No era mi rostro lo que reflejaba el agua, pero se me hacía familiar.

Cuando regresé a Teruck, pedí hablar con mi padre. La visión se repetía una y otra vez en mi cabeza. Mientras le relataba la experiencia, su cara comenzó a cambiar; parecía asustado. Cuando terminé, guardó silencio. Después de un rato, me miró y dijo que jamás hablara de eso con nadie, que lo olvidase. No supe el porqué de su reacción hasta mucho tiempo después.

Por supuesto que no olvidé lo que había visto y, compelido en parte por la preocupación de mi padre, decidí investigar. El primer paso fue buscar a ninzunianos que se suponía que manejaban información más detallada sobre el origen de los mundos periféricos y los seres que los habitaban. Recorrí gran parte del planeta recopilando datos. Sin embargo, nada de lo que escuché parecía tener sentido: era como si me ocultaran verdades importantes.

***

La expedición a Tiamat despegó durante un doble eclipse solar. Alrededor de veinte mil carros usaron la anomalía gravitatoria que producía la alineación de los cuerpos celestes que componían nuestro sistema solar binario, permitiéndonos abrir sin mayor dificultad un agujero de gusano hasta las inmediaciones orbitales del mundo objetivo.

El general al mando de nuestra misión, Krucerckh Urucco, esperó, girando en torno al único satélite de aquella pequeña canica azul, que la flota completa hiciese el cruce y se reuniese con la nave insignia para entonces recordarnos nuestra misión, los tratados y las penas que caerían sobre quienes los violasen. Jamás se dijo abiertamente la razón de nuestra visita, pero era evidente que se estaba analizando si los humanos merecían ayuda o si los dejaríamos a su suerte, como a los tirudoth.

Luego de la comunicación, cada nave recibió la frecuencia de los faros que la llevaría a su respectivo puerto estelar —dichos puertos habían sido establecidos en la superficie de Tiamat hace milenios por nuestros superiores—, cada uno de los cuales serviría como punto de reunión, centro de mando y abastecimiento para nuestras máquinas, que se dispersaron y comenzaron a penetrar la atmósfera.

Yo solo quería verlos, conocerlos, saber su forma de relacionarse con los demás y sus motivaciones: sentía una gran expectación.

Mientras me desplazaba por sobre los mares, un sonido extraño me detuvo; al mirar hacia la fuente, pude apreciar una construcción rudimentaria. Me acerqué hasta quedar sobre lo que parecía una vivienda. No volví a escuchar el ruido. Descendí entonces para observar. El aire y los olores, aun siendo diferentes, tenían cierta similitud con los de Ninzu. Era extraño, pero no le brindé mayor importancia. Mi preocupación se centraba en dar con la fuente de ese sonido que había llamado mi atención.

Cuando entré en la choza, mis ojos quedaron fijos en un punto: en el rincón más oscuro, encorvadas, había dos extrañas criaturas. Asumí que eran seres humanos y traté de comunicarme, pero estaban asustados. Jamás habían visto a un ser como yo. Con una sensación horrible, me teletransporté con rapidez de vuelta a mi carro. Ellos me temían.

II
Lazos de sangre

Libro del primero, Éxodo.
Planeta Tiamat.

Comencé con el estudio de cada ser vivo presente en Tiamat. Si bien eran más pequeños y exhibían colores más egoístas, se parecían mucho a los de Ninzu. Los cuerpos de agua, los árboles y los animales me resultaban muy familiares. Me atreví a conjeturar un origen común. Comencé a seleccionar especies que me parecieron fascinantes. Una de ellas fue el caballo: era fuerte, veloz y contaba con una musculatura pronunciada, así como con una personalidad altanera. Otra fue el águila, que se destacaba por ser ágil, inteligente y tener una visión excepcional tanto como una personalidad impetuosa. Mezclé los códigos genéticos para obtener nuevas especies con habilidades únicas, mejores que las que poseían individualmente, e incluí un poco del mío. Así engendré al majestuoso Pegaso. Es indescriptible lo que sentía al ver a semejante animal: era mi creación, mi primogénito. Su crecimiento fue rápido y seguí su evolución día tras día; le enseñé algunas cosas sobre Ninzu y la importancia de su creación, y también le traspasé mis memorias para que sintiera como yo, para que fuéramos uno.

Después de Pegaso vinieron dos más de mis hijos a poblar este mundo: Tauro y Centauro fueron sus nombres, y de igual modo les traspasé parte de mí para que eternamente estuviéramos unidos. La última vez que los vi, les dije que buscaran su lugar en la tierra, que siempre estaría con ellos, fueran donde fueran.

Sin olvidar aquel sonido peculiar que me atormentaba, seguí en mi viaje por este mundo. Para mi suerte, mientras caminaba pude ver a algunos de estos seres, que recolectaban frutos silvestres. Una familia, constituida por un hombre, su hijo y un ser extraño que parecía hombre pero al mismo tiempo no lo era. Su pelo era más largo de lo habitual, sus piernas, diferentes y sus caderas, más gruesas que las de los otros dos sujetos; además de eso, tenía pechos prominentes, que sobresalían como frutas de algún extraño árbol. Fue tanta mi impresión que todos los días volvía para verlos. Descubrí que la extraña criatura humanoide tenía la capacidad de engendrar humanos más pequeños, los que se alojaban en su vientre y salían de entre sus piernas junto a un líquido rojo. La vida de estos seres era tan breve como el día y la noche en Tiamat, y, lo más importante, finalmente encontré el sonido tan extraño que me había llamado la atención.

Después de la muerte del humano que engendraba vidas, no me quedó más opción que observar a sus hijos. Todas las mañanas se me revelaba algo nuevo. Hasta que sucedió. Los jóvenes intentaban cazar un tipo de animal acuático. En otras oportunidades lo habían hecho con éxito. Por accidente, uno de los dos tropezó con la raíz de un árbol y cayó a la tierra mojada, quedando su cara llena de fango. Fue tal la caída que, cuando trató de hablar, solo salió barro de su boca. El sonido surgió de forma instantánea, acompañado con un cambio facial notorio;

describir de forma exacta este acto resultaría complejo, ya que tiene similitudes con chillidos de animales en peligro, aunque este no era el caso. Tuve la oportunidad de presenciar ese hecho unas dos ocasiones más, antes de que perecieran.

Salí a la búsqueda de otra familia para indagar más sobre ese sonido, que a esas alturas se había transformado en una obsesión para mí. Esta vez intentaría con una estrategia diferente: investigaría desde adentro, haciéndome pasar por uno de ellos. De tal manera decidí romper la única prohibición impuesta por mi superior —intervenir en las acciones de los sujetos—, con la convicción de que al vivir entre humanos podría descifrar mejor su comportamiento, su personalidad y sus emociones.

Entré en la cabeza de una familia e implanté recuerdos de un hijo que no había existido, pero que mi persona encarnaría. Me bauticé como Kapparu, una variación de mi nombre. Así comenzó mi vida como humano.

Nacer de nuevo es algo verdaderamente extraño y visto desde afuera lo es más. La hembra engendró a tres hijos: Tamiel, Turel y Kapparu, quienes jugarían un rol muy importante en mi vida, tanto que llegué a formar lazos reales de hermandad.

A diferencia de mis hermanos, yo tenía mi conciencia y mis recuerdos intactos el día en que nací, lo que me hacía de forma indirecta su protector, su guía y, por qué no decirlo, su padre. Tamiel y Turel desde muy pequeños fueron inquietos y curiosos, siempre jugando y poniendo en riesgo su vida cuando saltaban de árbol en árbol o cuando nadaban por ríos de fuertes corrientes. Si alguno de ellos estaba en problemas serios, yo lo resolvía sin que se dieran cuenta.

Cuando me acercaba a los doce años humanos, ocurrió un hecho que cambiaría mi vida de forma radical. Estaba muy cálido y por alguna razón me sentía cansado, así que me recosté a dormir una siesta. Por vez única dejé a mis hermanos recorrer solos el bosque.

Se escuchó desde el ombligo de la arboleda un grito de muerte; mi madre dejó el mortero y corrió ante el llamado angustioso. Me levanté amodorrado; mis pasos eran lentos y mi corazón latía con mayor velocidad a cada momento; algo me decía que no sería bueno lo que vería al llegar al punto de encuentro. Cuando al fin tropecé con ellos, la imagen de Tirudoth, el tigre rojo, alumbró mis ojos desconcertados. Mi cuerpo débil se paralizó y giré la cabeza, buscando a mi familia. Madre sostenía el cuerpo de Tamiel, que estaba lleno de ese maldito líquido rojo. Mi hermano pequeño se hallaba muerto y Turel tenía una herida que lo llevaría al mismo desenlace. Traté de correr hacia ellos, pero madre me gritó que huyera, que salvara mi vida. Cuando terminó de pronunciar esas palabras, la bestia arrancó su cabeza de un zarpazo. Mis rodillas tocaron el piso. Algo recorrió mi cuerpo hasta salir por mis ojos en forma de gotas, acompañado con un grito que se tomó el permiso de navegar el mundo por unos segundos.

Aquella escena me pareció tan irreal que no asumía que de verdad estaba sucediendo. Levanté la cabeza. Mi alma estaba llena de odio. Hice entonces sufrir a esa bestia.

Los grises tenemos muchas facultades, pues conocemos el universo y la creación, por lo que podemos alterar a las especies y viajar por el cosmos, pero no podemos manipular la muerte. Solo el creador tiene esa facultad.

Durante un largo tiempo deambulé por tierras áridas, frías y solitarias, con la mente apagada, tratando de sanar mi pecado. Había traicionado mis costumbres, las leyes ancestrales de mi gente, sabiendo que el creador, el padre de cada cosa y especie existente, me juzgaría cuando el día llegase.

Me encontraba en un estado vulnerable, sin ganas de seguir respirando, cuando un pensamiento se cruzó en mi mente; una voz extraña me llamó por mi nombre: "Parupak, hijo de Trenca, acércate". Entre la oscuridad había una imagen humanoide pero semejante a un reptil; era fornido y de estatura similar a la mía, aunque tenía unos ojos llenos de maldad y parecía muy entusiasmado con mi presencia en aquel lugar desolado.

—¿Quién eres? —pregunté.

—Zirah, hijo de Thur; mi nacimiento se remonta al año 0-A.D. (del antes y el después). La Tierra ha sido mi hogar desde los primeros tiempos; conozco el origen del bien y el mal, las tinieblas, el miedo y el odio. Soy portador de tragedia y fortuna, creador de muerte y ermitaño de la angustia.

Después de oírlo me invadió la desolación. Me sentía tan vacío que decidí acompañarlo un tiempo. Debo mencionar que fueron los años más oscuros de mi existencia. Después de mil años en la oscuridad, dejé a Zirah para continuar experimentando los misterios humanos. Poseía conocimiento teórico sobre los terrestres, pero sospechaba que algo faltaba.

Caminé por rutas extrañas, manifestándome de variadas formas para no ser reconocido. La que más usaba era la de un ave negra que se posaba en los techos de las casas; de esta manera observé a diferentes tipos de personas, analizando como un agente externo su comportamiento, sus sentimientos, sus logros, su vida y muerte. Los envidié en algunos aspectos, pues aunque no han logrado trascender hacia un plano espiritual elevado, sus vidas parpadeantes son únicas. Recuerdo un acontecimiento singular: en una pequeña villa, cerca de un mercadillo, se encontraba una niña de aspecto deteriorado; sus ojos reflejaban falta de luz, si bien su color era el del mismo cielo en toda su gloria. Me quedé vigilante. Pese a que sus ojos estaban sumidos en la oscuridad, podía seguir con su vida de forma normal, agregando a esto una sonrisa llena de matices de alegría. Estar ciega no era un impedimento para ella, incluso podría decir que era un don que iba más allá de lo terrenal, y digo esto porque, cuando me disponía a seguir con mi viaje, sostuvo mi mano y dijo: "Señor, su mano está muy fría". Lo impresionante de esta escena no fue el hecho de que ella estuviera ciega, sino que yo me encontraba en un plano dimensional invisible para el ojo humano. Solté su mano con una sensación de terror y me alejé de aquel lugar habiendo ganado una nueva enseñanza.

Cada cierto tiempo volvía a mi carro estelar; era raro que volviese al puerto estelar para reabastecerme o entregar muestras de material genético, casi siempre me limitaba a comunicar una que otra información y a averiguar en qué estaban los demás. Varios de ellos se habían marchado a Ninzu, y otros, como yo, se mantenían firmes en el proyecto de expedición. Sentarme en la silla de mi carro me resultaba una operación cada vez más ajena: sentía que vivía una vida que no me correspondía, por lo que tomé la decisión de transformarme en lo que más anhelaba, un humano.

Segundo
La historia de Cam

Año desconocido en el futuro, después del cataclismo.

Llegamos a un nuevo poblado y cruzamos las murallas sin problemas. Nos dirigimos hacia una venta de víveres. La muchedumbre grita y mis sentidos se mezclan, parece que mi cabeza va a explotar. Grito, ordenándoles que se callen. Guardan silencio. Pido comida para Triciuh y me la dan. Resultan ser gentes amables. Descubro que las personas hacen lo que les pido, incluso cuando solo lo pienso. De esa manera, nos alojan en una posada.

Mi compañero está más repuesto. Ambos miramos el fuego danzar en la chimenea, mientras él mastica un trozo de pan.

—¿Sabes quién soy? —inquiero, mirándolo a los ojos.

—Quien me salvó de la muerte, quien me ha alimentado, ese eres tú —contesta sin dudarlo.

Me siento desolado. Tengo que seguir buscando. Decido continuar solo. Necesito al menos una pista respecto a mi identidad. Camino hasta llegar a un puente de arco, construido de piedra en dovelas, que une una montaña con otra; se trata de una construcción muy antigua, con grietas y raíces entre ellas. El viento se torna frío y sus soplidos aúllan en fuertes ráfagas que amenazan con el colapso de la antiquísima estructura.

Me dispongo a cruzar. Alguien toma mi brazo y me detiene con una súplica. Giro la cabeza. Es un sujeto de mediana edad, alto, delgado, de ojos marrones que desbordan de miedo.

—Señor, no cruce por ahí, este es el puente de los lamentos: todo aquel que ha intentado atravesar esta ruta yace en el fondo de aquel abismo.

Lo que dice es verdad, solo con echar un vistazo a la profundidad de aquel precipicio lo noto: el olor a cadáver se mezcla con la angustia de las almas perdidas entre la niebla y las rocas.

Puedo hacer caso a las palabras del desconocido. Pero no siento miedo. Todo lo contrario. Quiero avanzar. Demostrar que sí puedo cruzar. Le pido que me suelte y camino. Recorro la amarga arquitectura de extremo a extremo, esperando algún tipo de reacción, pero nada ocurre. El rostro del sujeto se desfigura.

—Es la primera vez que veo esto —tartamudea desencajado.

Siento incredulidad y desasosiego ante la revelación.

—Sígueme —digo—, atravesemos juntos esta vez.

Se aferra a mí. Cierra los ojos y en un instante estamos al otro lado. Eso basta para que quiera seguirme, acompañándome en mi búsqueda.

Mientras viajamos, Demfu, me cuenta que nadie en Trakamorbius ha estado del otro lado, que solo se conocen viejas historias, de boca de los más ancianos, las que hablan de los habitantes del origen, de las épocas oscuras.

—En esos tiempos los humanos eran esclavos de gigantes y sus vidas dependían de la utilidad que pudiesen generar en las minas de oro. Las nubes eran claras, pero a su vez se teñían de rojo, lo que era provocado por las sangres inocentes y también por la proximidad del planeta destructor, cuna de los venidos del cielo.

Parece un invento para justificar su ignorancia respecto a lo que hay más allá del desierto. De todas formas, todo es nuevo para mí y necesito nutrirme de conocimiento. El relato de Demfu me sirve para conjeturar sobre cómo es el mundo.

Nos detenemos al ponerse el sol. Demfu duerme, yo miro las estrellas buscando respuestas. Nos levantamos al alba con la promesa de andar por caminos inexplorados. El paisaje se allana y nos rodea un páramo muerto. Mi compañero parece agotado. A diferencia de mí, necesita bebida y comida.

Luego de siete días desde que cruzamos el puente, encontramos una vertiente. Espero que sea suficiente, pero su semblante no mejora. No ha probado bocado desde que decidió seguirme. Se echa a la sombra de una roca, junto a la corriente de agua, y respira con dificultad, pues sus labios se hallan partidos por el sol.

—Todo estará bien, pronto podrás comer gracias a la abundancia que nos espera —susurro en su oído antes de que expire en mis brazos.

No siento tristeza por las muertes que me persiguen. Pareciese que yo soy la misma muerte. Camino entre médanos rojos, ardientes y sin vida, preguntándome quién soy y quién será ese hombre-lagarto tan aterrador. Qué me pasó. Dónde estoy. Cuál es mi propósito. Algo en las bambalinas de mi mente me indica que no es la primera vez que presencio algo así.

Pasan más de mil días antes de ver de nuevo a gente en mi vereda. Entre el fuerte viento y la arena que arrastran las tormentas, una imagen se asoma. Es un hombre. Pienso que puede ayudarme. Nos acercamos. Siento un corte en mi abdomen y otro en el pecho; el tercero lo detengo con la mano derecha, con la cual aferro la muñeca de mi agresor. Vigilo entonces la sangre que mana gota a gota, despacio, como si aquello fuese lo último que mi cuerpo guarda. Los gritos del hombre me obligan a volver a prestarle atención. Sin querer le estoy destrozando el brazo. No me provoca lástima. Puedo ver cómo los huesos sobresalen al rajar la piel. Lo suelto. Corre hasta perderse en el horizonte. Puedo seguirlo y matarlo, pero no tengo tiempo para esfuerzos innecesarios.

Desde que salí de mi tumba, no sé de qué otra forma llamar al lugar donde desperté, no me he topado con ningún hombre que llame mi atención. Son simples, la mayoría teme a lo desconocido, y además son crueles y egoístas. No soy como ellos. No quiero serlo.

El sol y la luna se buscan en el cielo mientras avanzo por el yermo. Me gusta mirar cómo corren sin alcanzarse. Durante este proceso inagotable pero placentero, encuentro una pequeña aldea de cinco casas de barro y techumbre de caña brava aparentemente abandonadas. Estoy a punto de llegar a la última choza, cuando un sonido particular llama mi atención; no sé si proviene de un animal o un humano, pero quiero averiguarlo. Traspaso el umbral: en una esquina de la choza, tres personas se abrazan. Son dos niños y una mujer. Lloran asustados, con miradas hundidas, huidizas. Permanezco inmóvil.

—Tranquilos —digo—, no voy a lastimarlos.

A pesar de mis palabras, permanecen quietos, tiritando. Con los pocos conocimientos de las costumbres humanas que he recabado en este viaje, enciendo el fogón fuera de la choza. Al marcharse el sol, la mujer sale de su escondite.

—Hace días que no comemos, mi esposo murió por una herida en su brazo tras luchar con un monstruo, solo queremos estar a salvo —murmura.

—Estarás a salvo conmigo —pronuncio sin dejar de mirar la danza de las llamas—. Tú y tus hijos.

Las personas forman núcleos donde las responsabilidades están demarcadas por la inteligencia y la fuerza. Yo poseo ambas y siento que tengo la obligación de cuidar de esta familia. Son tres personas que no conozco, pero que durante aquel tiempo cuido y alimento como si fueran parte de mi clan. El mayor de los hermanos lleva diecisiete años vivo y se llama Cam. El más pequeño, catorce y su nombre es Yum. Cada uno posee características únicas que, en ocasiones, no logro comprender.

Voy comprendiendo, con todo, de a poco su forma de vivir, de pensar y amar. Este último concepto es complejo de explicar. Me voy incorporando a la familia, tratándolos como supongo que quieren que los trate. Siento que he recobrado algo que había perdido, algo de humanidad.

Aprendemos los unos de los otros cosas tan simples como la siembra y la ganadería. Definitivamente los más agradables son los días de pesca. Cam y Yum son muy parecidos físicamente: tez morena, altura disímil por la diferencia de edad, ojos negros, dientes tan amarillos como opacos y pelo largo, hasta las rodillas. No se nota una diferencia descollante entre uno y otro a primera vista, pero frente a situaciones o problemas ocasionales, Cam demuestra una inteligencia superior, rozando la genialidad. Cosa curiosa, ya que nunca durante mis años de contacto con humanos aprecié un intelecto superior. Durante una sequía que azotó nuestra aldea, Cam logró encontrar agua bajo el suelo. Para ello utilizó algún tipo de don que no pude descifrar. Caminó durante unos minutos con dos ramas cruzadas y emitiendo palabras extrañas, que en aquel momento no pude entender, hasta que, de pronto, las débiles varillas apuntaron hacia un lugar. Entonces, con una rama un poco más gruesa y en punta, comenzó a cavar. Una hora más tarde, y con las manos magulladas por el esfuerzo, hizo el agua fluir. Luego me miró y sonrió. En otra ocasión, con el fin de no tener que gastar fuerza cazando, logró que muchos conejos se acercaran a nuestra morada. Lo más extraño y revelador fue cuando sanó a su hermano de sus dolores de vientre. Cantó una plegaria en ese lenguaje tan extraño que utilizaba a veces y pronto Yum se recuperó.

Pienso que Cam se parece a mí y comienzo a experimentar una cercanía inusual hacia su persona. Camino hacia donde él camina y me doy cuenta de que siempre hemos sido los dos: donde yo estoy, él también. En esa complicidad le comparto algunas pocas cosas que mi mente recuerda: la sabiduría del universo y algunos aspectos de la telepatía que potenciarán su inteligencia. Pasan meses antes de que podamos sostener conversaciones mentales sin emitir vocablo alguno. Por fin me siento acompañado. Los conceptos terrestres son complejos de asimilar y comprender, pues están llenos de sutilezas y matices. Creo que el sentimiento que estoy experimentando se llama felicidad.

Han pasado años desde que compartí mi conocimiento con Cam, quien ha desarrollado las capacidades de su mente a un nivel similar al mío. Comprendo que enseñar a los humanos es algo bueno. Eso pienso.

Llueve de forma torrencial, como no se ha visto en mucho tiempo en este valle. Camino por los ríos, antes secos y que ahora se desbordan. Llamo con mis pensamientos, pero nadie responde: la lluvia puede estar impidiendo la complicidad con mi hijo, me digo, o quizá duerme. Mi fuerza no es suficiente y sé que algo que está más allá de mis dones actúa como muralla. Camino hacia la casa con un peso en el pecho, como si una mano apretara mi corazón.

—¡Cam! —grito con la voz rota—. ¡Cam! —Nadie contesta.

En el umbral de la puerta mis piernas, por un breve momento, dejan de responder. Hasta este momento no he experimentado el dolor ni la furia, son cosas lejanas para mi mente superior.

Dentro de la oscuridad de aquella morada, en el fondo, bajo pequeñas luces de fuego mortecino, sobre una mesa de piedra, Yum sostiene con las manos lo que parece una masa de sangre. Sus movimientos suben y bajan, cortan y desmiembran. Algo dentro de mí cambia. Un modo irracional se activa, quizá producto de la sangre o los cuerpos de Cam y su madre. Es el cuerpo de Cam. Estoy seguro. Su corazón, que de alguna forma aún palpita, reposa sobre aquel altar de piedra y Yum, con sus ojos perdidos, declama en un lenguaje que antes me fue esquivo, pero que ahora comprendo:

—*Vita enim Cthulhu* —repite Yum una y otra vez.

Estas palabras significan: "Una vida para Cthulhu".

Mi sed de sangre, que hasta ese momento estaba escondida, florece. Miro de manera fija la cabeza de Yum y la hago explotar. Los pedazos de su cuerpo se unen con los de su familia.

Sintiéndome maldito, vuelvo a caminar. Me juro no cometer errores que me alejen de mi propósito, recobrar mi memoria y mi identidad. Me abro paso entre llanos de larga extensión semidesértica. El clima se vuelve *más frío*, el hielo gobierna la superficie de la tierra. No solo muta la naturaleza que me rodea, sino que también mi cuerpo, como en una especie de vínculo, sufre el paso del tiempo. Mi pellejo está pegado a mis huesos, creando una textura sólida y áspera, equivalente a los nudos de las grandes y antiguas araucarias. Mi piel es de un azul pálido, y mis ojos, que alguna vez brindaron vida, ahora son negros. Estoy entrando en una fase de muerte lenta e irreversible. Mis cambios internos son *mínimos, pero* siento que este recipiente está a punto de expirar. Llevo alrededor de mil *años en este* cuerpo, y aunque no *sé* cuál es el límite de tiempo de mi existencia, cuántos soles podré ver o cuántas lunas podré contemplar, algo sí *sé* con seguridad: nadie vive para siempre.

No duermo y hace mucho que no me alimento. Somos este cuerpo y yo, y a este cuerpo algunas cosas se le han hecho costumbre: entre ellas está sentarme al lado del fuego y posar mis manos en su calor. No siento frío, pero lo hago porque lo observé de mis fallecidos familiares. Mientras, mi mente intenta comprender lo que ha sucedido en mi anterior hogar. Hay cosas que no logré asimilar ni aceptar. ¿Qué pasó por la mente de Yum para dar muerte a su hermano? ¿Cuándo se generó ese odio en él? Y, lo más inquietante, ese nombre misterioso: "Cthulhu". ¿Quién es esa entidad? No puedo dar respuesta a ninguna de las preguntas, pero sé que el mal habita en su pronunciación, en su llamado. Mi divagación frena en seco. Siento un cosquilleo en mis dedos. Calor. Una textura áspera, acompañada de una agitada respiración. Giro la cabeza y encuentro algo curioso. Un animal blanco como la nieve me rodea; sus ojos reflejan los cielos, sus orejas están en punta y los dientes pueden desgarrar. Aun así ahí está, buscando cariño.

El animal comienza a seguirme. No puedo decir que caminamos juntos: *él* está en su territorio. No me preocupo de él, ni de alimentarlo o socorrerlo, menos de buscarlo. Sus movimientos son instintivos. Es una bestia salvaje, pero, como siempre, hay circunstancias que cambian las cosas.

A lo largo de mi tiempo vagando en esta tierra desconocida, he notado que la oscuridad propicia sucesos que solo pueden ocurrir en su vereda. Llamativas sombras y presencias, de este y otros mundos, dan rienda suelta a juegos misteriosos que duran hasta la irrupción de los primeros rayos del sol. Sin embargo, en los momentos de luz dubitativa, la locura y lo impensado caminan juntos para engendrar momentos únicos.

Han transcurrido varios días y noches desde que reinicié mi viaje en busca de mi pasado; la tundra se ha convertido en estepa. El animal me sigue los pasos. Avanza detrás de mí a paso lastimero, buscando en mi compañía una respuesta que yo ignoro. El viento, la arena, el calor y la falta de agua y comida lo hacen tropezar. Entonces sucede: se desploma sobre los cálidos médanos con una respiración que oscila en cuanto a su velocidad. Agoniza. Pienso en dejarlo ahí, pero algo me dice que lo ayude. Toco su pecho con mi mano y trato de enviarle energía vital. Lo pienso y sucede. Luego de unos minutos, su respiración se estabiliza. A falta de agua utilizo mi sangre, la que mana extrañamente como una solución. La recuperación es violenta. Su cuerpo comienza a vibrar y la arena, que hasta ese momento permanecía silenciosa, entona una *música metálica*. El animal muta, pues mi sangre cambia su fisiología: sus órganos y músculos crecen. El proceso finaliza cuando se levanta. De la anterior bestia salvaje poco queda. Me habla, como Cam lo hizo alguna vez. Es extraordinario, ni siquiera yo imagino el alcance de esta creación.

—No serás abandonado por tus hijos jamás en lo más alto de los cielos; un día volverás y todos los que de ti nos desprendemos, a tu lado estaremos.

Comprendo sus palabras, mas no su fondo. Tras su discurso, desaparece.

III
El nacimiento de Marcus

Libro del primero, Levítico.
Planeta Tiamat.

Año terrestre 460 D.C., siglo V. Los romanos estaban en declive y poco a poco se extinguía su gobierno. Por accidente encontré un pabellón lleno de soldados romanos con distintas enfermedades: algunos con lepra o tullidos, todos desahuciados.

—¡Marcus! ¡Marcus! ¡Marcus! —gritó uno de los soldados.

Al acercarme vi a un sujeto con un brote de lepra en su cuerpo, menos en su cara, que por capricho del destino estaba intacta; era un tipo joven, de piel blanca y suave, ojos grandes y azules, que se comían el mundo, y pelo dorado. Mientras lo observaba, él seguía gritando ese nombre misterioso, como si pudiera ver al dueño de este frente a sus ojos: eran alucinaciones causadas por la enfermedad en progreso; aun así, su fuerza y convicción tras cada grito eran imponentes. Puse mi mano sobre su frente y lo transporté a mi carro estelar para dar inicio al crimen más grande de mi vida. Dentro del carro tendí su cuerpo en una mesa de intervención para curarlo. Estaba consciente, pero perdería el conocimiento por varias horas. Era tanta mi curiosidad por saber acerca de su vida, que irrumpí en su mente, rescatando sus recuerdos hasta la fecha. Así me enteré de que sus padres habían muerto cuando él era muy pequeño y que su tío, hermano de su padre, se encargó de brindarle una educación decente, hasta que a los dieciocho ingresó de forma voluntaria a la milicia para obtener "la muerte gloriosa". Logré saber quién era Marcus y el significado que este tenía en su vida. Marcus era el mejor amigo del humano que mantenía en la mesa de operaciones; Gregoriano Segundo era su nombre y conoció a Marcus cuando mi paciente tenía trece años, convirtiéndose en su ejemplo a seguir. Marcus era valiente y fuerte, siempre lo apoyaba y aconsejaba, hasta que murió en batalla. Fue tan grande la pérdida que jamás se recuperó y, en su último aliento, a su mente vino el recuerdo más sagrado, el de Marcus.

Cuando despertó me presenté en mi forma original, sin engaños. Como era de esperar, comenzó a gritar. Una vez que se tranquilizó, le expliqué que había sido elegido para dar vida a un nuevo ser, el que llevaría por nombre Marcus, en honor a su amigo, pero no lo entendió y comenzó a gritar nuevamente. No me quedó más opción que quitarle el sentido del habla y el tacto. Cuando sus movimientos y gritos cesaron, le expliqué otra vez cuál sería su destino: que había sido elegido para cumplir la función de recipiente de un ser extraterrestre que viviría como humano en la tierra.

Es importante que sepan cómo fue el proceso de transmutación de almas entre Gregoriano y quien narra. Después de revelarle lo que haría con su cuerpo, la reacción del soldado fue de pánico: su cuerpo temblaba y sus líquidos comenzaron a derramarse por la mesa de operaciones. Mentiría si dijera que sentí tristeza o piedad por él, pues mis deseos de convertirme en un ser humano eran más grandes que cualquier otra cosa. Coloqué una mesa junto a la de Gregoriano para tumbarme. Luego bebí el líquido de trance y mi alma salió. Los cuerpos en este proceso, generalmente, sufren daños, ya que no es un proceso natural. Comenzó a vibrar y su boca se agrandó en dos cuartas mientras mi alma tomaba posesión de mi recipiente; esto duró algunos minutos. Cuando acabó, ahí estaba yo, un ser completamente diferente a lo que había sido. Limpié entonces todo residuo sobre mí para sanar aquella aberración cometida y olvidarme de cualquier remordimiento.

El paso de las horas hizo notar los cambios físicos. Conocía a los humanos, sus potencialidades y sus debilidades. Yo era superior en todo sentido: mi fuerza era cuatro veces la de un hombre normal; podía correr tan rápido como un caballo, podía recorrer las profundidades del mar sin respirar por diez horas; podía levitar, y tanto mis ojos como mis oídos eran sensibles a cosas que un humano normal no percibiría.

Los primeros días fueron de adaptación. Los sabores y los olores eran diferentes, pero aun así era maravilloso; había esperado este momento desde siempre. Era ahora un ser mortal y se me hacía necesario vivir como tal.

Regresé donde el familiar más cercano, el tío Desius Meridio. Cuando llegué a su casa, sus sirvientes parecían haber visto un muerto y no los culpo, ya que de alguna manera eso era cierto. Tratando de actuar con normalidad, pregunté por el tío Desius a uno de los trabajadores que allí se encontraban, quien con voz temblorosa contestó que iría de inmediato por él.

Mi tío bordeaba los setenta años, tenía el pelo blanco, los ojos verdes y una voz que parecía tener el poder de ser escuchada bajo aguas de mares profundos. Su altura lo hacía ver como un árbol. Llamaba mi atención, pero su vida estaba por terminar, cosa que dificultaba mis ambiciones de posicionamiento en este nuevo planeta. La muerte era algo inevitable, pero sí podía prolongar un poco más su tiempo para aprender algunas cosas que me ayudasen.

El anciano me miraba dubitativo.

—¡Milagro! —gritó, besándome la frente—. ¡Prepararemos un festín! Esto merece una celebración digna de los dioses.

Yo asentí con la cabeza. Cuando estábamos a la mesa, lo miraba fijo. No sabía cómo comer, nunca había probado alimento terrestre. Observaba cada movimiento que mi tío hacía para copiarlo. Comer era un ritual, primero se ordenaba el lugar donde se daría comienzo al banquete y se disponía una serie de utensilios con una función específica frente al alimento, en este caso, un ciervo salvaje; el segundo movimiento consistía en repartir las verduras alrededor de la mesa, para que la carne no se volviera hostigosa; la tercera jugada, por otra parte, correspondía al llenado de los vasos con vino —el vino era una bebida mágica hecha de la fermentación de la uva—, cuyo efecto era la somnolencia cuando lo consumías por primera vez. Por último, la persona más importante de la casa decía unas palabras para luego autorizar con la mirada el momento de comer. Desius masticaba la carne varias veces antes de tragarla y miraba la mesa, buscando algo entre los bocados.

—¿Cómo es que sobreviviste a la guerra? —preguntó y mantuvo su mirada fija en mí. Durante un instante, la sala pareció perder el oxígeno. Creo que los humanos en ocasiones tienen mucha suerte, le respondí. Primero hubo un silencio cortante, pero este dio paso a una risa fingida de parte de mi tío—. Los dioses no otorgan fortunas sin añadir un costo —dijo, y llamó a un empleado para que sirviera más vino—. ¿Qué sucedió en la guerra? Tu legión fue diezmada, ¿qué demonios hiciste para sobrevivir?... Y no me vengas con eso de la suerte.

Mi mente trabajaba buscando una respuesta. Si bien yo me veía como Gregoriano, no lo era y, la verdad, los hechos resultaban demasiado perturbadores como para contarlos.

—¡Marcus! ¡Marcus salvó mi vida! —exclamé en un grito que de seguro escuchó hasta el cabrerizo, pero fue lo único que vino a mi mente. Me sentí vulnerable. En mi estado original jamás habría considerado responder algo tan simple. Sentí miedo, miedo a lo que Desius pensaría de mí, de mis actos sangrientos y malignos, que pensara que era un monstruo—. Fue Marcus quien me salvó —repetí, y de forma tranquila añadí—: estando a punto de morir, vi su imagen cerca de un fuego y comencé a seguirla hasta que llegué a orillas de un río, entonces supe que la guerra ya había terminado.

Mi tío estaba sorprendido y atribuyó lo sucedido a Júpiter. Aprovechando el éxtasis del momento, le pedí si podía incorporar como segundo nombre "Marcus". Él accedió de forma inmediata, porque consideraba una señal divina lo ocurrido.

Fuimos desarrollando comunicación y cercanía. Aprendí de vinos, política y de literatura amorosa; me explicaba los conceptos de amor que él creía que eran correctos y yo solo escuchaba. Podría haber opinado sobre matemáticas, ciencia y estrategias de guerra, pero la palabra *amor* era desconocida para mí.

—El amor es real cuando es concreto y palpable —decía, y yo me limitaba a escuchar con ojos llenos de dudas.

Desius Meridio vivió ciento veinte años, algo anormal para esa época, en que las personas vivían hasta los ochenta como mucho; la mayoría, de hecho, moría a los veinte, casi siempre en el campo de batalla. El secreto de su edad prolongada estaba en el vino que consumía cada tarde durante nuestras charlas sobre política de estado y literatura. Cada vaso de vino que yo le servía contenía una poción especial. Me hubiese encantado seguir escuchando sus críticas y consejos para llevar una vida mejor, pero mis brebajes secretos solo funcionaban durante un determinado tiempo.

El ritual fúnebre se llevó a cabo durante la noche. Sus siervos y algunos políticos que lo conocieron estuvieron presentes. Alumbramos con las antorchas el agujero donde descansaría el cuerpo del gran Desius y luego lo llenamos de tierra. Los romanos creían que el alma y el cuerpo eran dos cosas separadas, que al momento de morir el alma salía del cuerpo y se convertía en fantasma, por eso enterraban a sus difuntos, para que esta separación se hiciese efectiva y, así, el muerto no deambulara por el mundo, sino que pudiera entrar en los Campos Elíseos.

Asumí las responsabilidades que mi tío había dejado al morir. Recorrí de extremo a extremo las dependencias y los terrenos que conformaban el patrimonio de la familia, pues debía seguir una conducta humana, sin levantar sospechas sobre mi origen verdadero. Intentaba comportarme como cualquier mortal, pero definitivamente había cosas que me resultaban imposibles de realizar, una de las cuales era dormir, por consiguiente, con cada día que pasaba los cambios en mi cara eran más evidentes. Mis ojos parecían poseer el negro de las profundidades del río Faruk, ubicado al norte de Ninzu. A cada instante se trasformaban en surcos melancólicos sedientos de sueño. Pero no podía cerrar los párpados, simplemente no tenía ganas.

Por suerte tenía mis pociones, que mezquinamente guardaba en mi baúl, las cuales me permitieron conciliar el sueño: tenía que beberlas a cierta hora de la noche, todas las noches.

Lo que yo más deseaba era vivir una vida nueva, pero no era tan sencillo como parecía. Los primeros años fueron complejos y llenos de hermetismo, recorría la casa para que los empleados vieran que estaba ahí, daba algunas indicaciones, comía y volvía a mi cuarto. Sin embargo, aunque poseía ya cierto conocimiento sobre el comportamiento humano, ejecutarlo no resultaba para nada fácil. Me di cuenta meses después de que el cuerpo humano necesita estar limpio, ya que suele oler de forma putrefacta con el pasar de los días.

Después de meditar, decidí que era imperativo tener un consejero, alguien que pudiera guiarme y enseñarme cosas prácticas y necesarias para vivir. Una noche hice que todas las personas bajo mi orden se presentaran en la sala, con la idea de encontrar entre los presentes ese "secretario" que estaba buscando. No resultaba una tarea sencilla, pero era lo correcto. Caminé de un lado hacia otro mirando sus caras lastimosas. Me detuve en unos ojos particulares, unos que no tenían miedo, sino que me desafiaban y al mismo tiempo me llamaban. Era una sensación extraña, pero me gustaba; quería esa mirada cerca de mí. Caminé unos segundos más y pedí que salieran de la sala, menos el de ojos azules. Su piel era blanca, matizada con la suciedad de los potreros y el polvo de las casas de barro; su pelo, negro y sus labios, de un rojo desteñido, agrietados por las tardes heladas de Roma. Sus brazos y piernas eran como brazos de árbol nuevo, aún verdes y frágiles. Mi cuerpo reaccionó solo: aprendí entonces un lenguaje nuevo, un idioma carnal que me hacía anhelar estar cerca de él, tocar sus manos destrozadas por el trabajo diario y oler su cabello. Entré en un estado de frenesí cósmico arrebatado. En todos mis milenios de existencia jamás experimenté deseo carnal de la forma en que los humanos la sienten: mi cuerpo parecía no obedecer mis órdenes.

—Amo, si gusta puede tenerme —dijo el siervo, mirándome directamente.

Nunca había escuchado algo así. Puso las manos en mis piernas y sus labios en los míos. Sentí una energía que recorría mi cara, mi espalda y mi entrepierna, sobre todo esta última parte. La contracción de músculos y nervios dentro de mi vientre era tanta que terminé expulsando un líquido blanco y viscoso que se deslizó hasta mis pies. Nada se comparaba a tal sensación; quería más, nocesitaba más; ese cuerpo frágil y lastimoso fue mío hasta que la energía de mis músculos se apagó. Puedo decir, incluso, que durante un buen tiempo no necesité ayuda para dormir.

IV
Cuerpos unidos

Libro del primero, Números.
Planeta Tiamat.

Titus se transformó en parte de mi cuerpo, en algo tan imprescindible como mis brazos y mis piernas; incluso mi respiración se tornaba diferente cuando estaba con él. El deseo era incontrolable. El propósito primario, tomarlo como consejero, fue olvidado tan rápido como el día olvida la noche, dando paso a uniones reiterativas entre su cuerpo y el mío. Durante los primeros meses aprendí el placer carnal: el significado del sexo, los puntos de estimulación, la fuerza de una caricia y la profundidad de una mirada. Mi éxtasis era total. Después de varios meses de la misma rutina, comenzamos a realizar viajes por el campo a la vista de todos, sin esconder nuestra notoria cercanía. Durante esos paseos las miradas de los demás eran diversas: unas, indiferentes; otras, de odio, de repugnancia, aceptación o bien incluso de alegría o tristeza. Cuando era un gris jamás me hubiese importado el sentir aquello en los demás, pero si quería convertirme en humano, era necesario pensar como ellos, actuar como ellos; en definitiva, vivir como ellos.

Mientras tomábamos un baño de flores, entre caricias corporales le pregunté sobre la conexión entre los seres humanos, las familias y los hijos de esas familias. Titus parecía no escuchar mis preguntas. Sus dedos se encaminaban entre mis piernas. Detuve su mano con fuerza y lo miré con malestar.

—Responde —exigí antes de soltarle la mano.

—Un niño romano como tú, generalmente, es feliz y tiene una infancia llena de momentos alegres: juega con sus amigos, estudia con mentores, aprende estrategias de lucha y se forma como un futuro líder. Hay también niños que tienen amigos, disfrutan los momentos de la vida y se forman como hijos de trabajadores, pero hay otros que no tienen una buena infancia: los maltratan porque son diferentes; por ser pobres, por no tener aires de hombría o por ser bastardos.

Aún podía leer la mente, pero había tratado de no ocupar esta habilidad, para poder adaptarme. Encontré a un humano lastimado, humillado y abusado. Con marcas más allá de la piel.

—¿Quién es Lucios? —inquirí. Silencio. Ojos aterrados—. ¿Quién es Lucios?

El aire se cortó. La mirada de Titus pareció morir. Comenzó a jugar con los dedos dentro del agua. Sus ojos estaban clavados en los pétalos que formaban un pequeño remolino.

—¿Quién te lo dijo? —preguntó. No respondí. Seguí mirándolo con fijeza—. Mi padre —confesó. Luego de un momento, me acarició el cabello y prosiguió—: decía que yo era muy hermoso para ser varón, que mis brazos y piernas eran muy débiles, que mis labios y ojos eran tan bellos que no se explicaba tal regalo de los Dioses. También decía que yo le pertenecía y que jamás me dejaría. Así fue durante muchos años, hasta que una bendita enfermedad se lo llevó para siempre. No es grato recordar que el primer hombre con el que estuve fue mi padre, mejor dicho, es horrible.

En Ninzu jamás pasaban esas cosas. Estaba desconcertado por los límites que los humanos llegaban a cruzar. Sus mentes eran irracionales e instintivas. El respeto por los demás no regía como ley universal. La ley del más fuerte prevalecía aquí. Aun así, mantenía la esperanza de encontrar a seres dignos de vivir en este planeta. Salí del agua, me sequé con unos paños blancos y le dije que volviera al día siguiente para que me aconsejara cómo actuar y qué decir frente a los demás. Después de eso jamás volvimos a vernos para unir nuestros cuerpos. Por la mañana se presentó como acordamos: le pedí ir al pueblo para conocer las rutinas de las personas comunes; deseaba recorrer el mercado, las tiendas, los sitios de apuestas, etc.

De pronto, desde el interior de una casa antigua, un señor con barba, muy alto, nos saludó y nos invitó a entrar.

—¡Pasen por aquí, buenos señores! —gritaba desde la puerta.

Le pregunté a Titus el significado de esa invitación. Me respondió que era mejor que lo viera con mis propios ojos. Caminamos por un pasillo angosto, lleno de puertas, donde hombres y mujeres perdían el miedo al desnudo; allí campeaba la libertad, una que no se veía en las calles de la gran Roma. Llegamos al final del camino y el sujeto barbudo deslizó una tela que colgaba de un trozo de madera. Dos mujeres desnudas estaban sobre unas pieles de animal; nos miraban como si fuéramos sus presas, listas para devorar hasta el último pedazo de carne que se sujetaba de nuestros huesos. El señor insistía en ofrecernos a esas mujeres para copular. La idea no me parecía tan mala. Pregunté a mi consejero los pasos a seguir para poder estar con ellas. Titus le entregó dos círculos de metal o lo que ellos llamaban dinero al señor barbón. Me posé sobre la cubierta peluda. Las mujeres acariciaron cada parte de mi cuerpo humano. Sus lenguas parecían tener memoria biológica, ya que apenas rozaban mi piel el placer se manifestaba imprudente y descontrolado; en cosa de minutos me volví un adicto. Las mujeres se quejaban de dolores y se retorcían como peces fuera del agua listos para ser cocinados. Estuve dos días en ese lugar y disfruté cada momento; sentí un cambio, de principiante me convertí en experto. Los ninzunianos dicen que cada discípulo será un buen maestro y yo estuve con las mejores, las prostitutas del barbón.

V
El mensaje

Libro del primero, Deuteronomio.
Planeta Tiamat.

Estaba leyendo canciones en honor al Dios Apolo, cuando escuché unos chillidos muy peculiares aproximándose desde oriente. Sus pasos eran imperceptibles. Un humano jamás hubiese podido escuchar el peligro que se aproximaba. Su figura galopante mutaba consecuentemente con los paisajes que cruzaba. Era caballo en las lomas, tiburón en los mares y lobo en los bosques. A medida que se acercaba, su forma se hacía humanoide.

Se presentó ante mis sirvientes con la figura de un anciano mensajero. Respiré profundamente y bajé las escaleras hasta la sala, a fin de encontrarme con esa presencia conocida. Le pedí a mi sirviente que nos dejara solos para poder conversar. Apenas esto sucedió, se mostró en su forma original: aquella forma oscura, con olor a violencia, sangre y crueldad. No podía ser otro que Zirah, hijo de Thur.

—Tus planes son oscuros, Parupak —dijo luego de mirarme unos momentos—. Tu intento por ser como uno de estos impuros es un sacrilegio. ¿Cuál es tu propósito? ¿Tal vez quieres placer o quizá jugar a ser la entidad suprema? —bufó, mostrando la lengua bífida—. Si quieres caminar bajo el mismo sol que yo, no puedes interferir en mis planes; si lo haces, habrá guerra entre nosotros y no habrá nadie que pueda detenerla.

Respondí con una mirada de muerte que jamás había estrenado. La sala comenzó a temblar. Las cosas se rompían con la fuerza de mi ira, mis ojos sangraban y mis venas se marcaban en mi piel.

—Zirah... —logré articular con un gruñido.

Esto fue suficiente para que él abandonara mis dependencias, aunque sabía que no iba a ser la última vez que lo vería.

Eran tantos mis deseos de sangre en ese momento que lo habría desintegrado, pero me contuve, en un acto humano de misericordia. La mañana siguiente tomé mi caballo más rápido y viajé a los mares del norte para comunicarme con los demás compañeros presentes en la Tierra.

Mi nave estaba intacta, como si el tiempo nunca hubiese pasado. Encendí los sistemas y procedí a comunicarme con los grises que, como yo, seguían en este planeta magnífico. Esperé durante tres días la respuesta de algún compañero, pero parecía que nadie más estaba presente. Opté por dejar un mensaje con la fecha, el lugar y la hora de encuentro, confiando en que llegarían. A punto de abandonar mi carro, escuché ruidos en la parte posterior. Caminé entonces vigilante y con miedo, un miedo que nunca sentí en mi otra vida. Una sombra atravesó el umbral; era una bestia bípeda de gran tamaño, con ojos redondos y piel gris y agrietada, que se me abalanzó. Salí corriendo por el pasillo, aterrado. Luego me detuve y comencé a llorar. La imagen que me había horrorizado era mi propio cuerpo. Lo había dejado hacía mucho, pero aún deambulaba en la nave. Volví donde estaba la criatura y con la punta de mis dedos toqué su frente para implantar un sueño tranquilizador. Luego emprendí el viaje de vuelta a mi estancia romana.

Cada día me sentía más humano. No olvidaba que mi gris me acompañaría por siempre y la imagen de mi otro yo daba vueltas en mi cabeza. Reflexionaba en torno a mi llegada, a mi primer encuentro con los terrestres. Comprendí el miedo que sintieron al verme.

Los humanos se acostumbran a las mismas cosas, hábitos y sentimientos, encerrando lo conocido en una cápsula mental. Cuando se abrían las puertas de la percepción de forma inesperada, el cerebro reaccionaba enviando impulsos que sacudían el cuerpo. Miedo. También recordé esa tarde en el bosque, cuando mis hermanos y mi madre murieron: había sido el miedo el que me paralizó. Si hubiera podido personificar esa sensación, la hubiese descrito como una sombra que me encadenaba con partículas del aire y que hacía estéril cada intento por soltarme. Esa noche la pasé en casa del viejo barbón.

El día había llegado. Si el mensaje que dejé había sido escuchado, era momento de saberlo. El sitio que escogí estaba en una selva, muy lejos del asentamiento. Cuando llegué, no había humanos, sino solo unos pájaros que volaban cerca de un árbol. Pasaron algunos minutos. Uno de ellos se hizo presente; tenía la forma de un niño de diez años. Su piel no era blanca ni negra, sino que mantenía un equilibrio entre ambos; sus ojos eran como la oscuridad plena; su pelo, castaño y su cuerpo, muy delgado, tan delgado que parecía que se rompería al caminar. El segundo tenía forma de mujer. Era muy hermosa, de cabellos dorados, estatura mediana y ropas finas. El tercero era de alguna tribu chamánica, y, por su aspecto, posiblemente se trataba del líder: tenía joyas de oro y metales en sus manos y su cuello, el cuerpo fornido y la mirada fría. El último en aparecer siempre estuvo allí. Bajó de los árboles en forma de muchos pájaros que se fueron uniendo hasta formar un cuerpo, un cuerpo tan oscuro que solo se veía una sombra.

—Somos muchos, pero hemos venido pocos —dijo el oscuro—; nuestros hermanos esperan la voz del guerrero Parupak, el primero en convertirse en humano, el primer desertor de Ninzu, el primer gris en saltar al mundo terrestre. Habla para nosotros y estarás hablando para ellos.

No supe si sentirme orgulloso o culpable, pero aun así debía comunicar lo que estaba pasando.

—No culparemos a nadie por las decisiones que hemos tomado: nuestro destino se forja a partir de las convicciones que nuestra mente engendra más allá del cosmos o los planetas, de las razas y las necesidades evolutivas. Nos encontramos con la verdad de nuestro ser, nuestra alma y nuestro corazón. Fuimos tan lejos como pudimos en busca de la sola cosa que jamás tuvimos como seres superiores: vida. Podemos sentir la vida como la expresión que es, como el significado que siempre debió tener.

»Los he convocado porque lo que más hemos deseado puede volverse polvo y las consecuencias podrían poner en peligro no solo nuestra vida, sino la de toda la humanidad. Mientras caminaba por los desiertos de este mundo, tratando de calmar la tristeza y la culpa, un ser lleno de maldad y ansias de sangre me acogió para compartir su tiempo por unos años; Zirah es su nombre y quiere controlar el destino de este mundo hasta que su destrucción sea completa.

»Es momento de generar una nueva alianza e impedir que esto suceda, pido su ayuda como iguales. Los humanos pueden ser impuros y nefastos, pero con buenos consejeros podrían prosperar.

La respuesta fue inmediata. Nadie de los presentes estaba dispuesto a cambiar su tan preciada alegría por los deseos de un reptil. Menos la comunidad restante de grises dispersos en el planeta. El compromiso era claro: debíamos tomar el control de Tiamat de modo sigiloso, sin llamar la atención de nuestros opositores.

Por esos años se escuchaba una historia muy popular, la de un judío que en vida realizó actos sobrehumanos, incluso se contaba que había resucitado a gente. Era tan fascinante la historia de ese terrestre, que lamento no haber podido presenciar tales actos, los que iban más allá de la capacidad de cualquiera de nosotros y que posiblemente habrían servido como un salto en nuestra propia existencia. Había nutridos grupos que rendían culto a sus enseñanzas y trataban de seguir sus pasos, esperando que cumpliese la promesa de volver. Eso debíamos lograr, devoción hacia nuestros disfraces de humanos trascendidos. Entonces, nuestro plan comenzó.

Tercero
El bucle de la arena

Año desconocido en el futuro, después del cataclismo.

Una vida puede existir mientras el cuerpo que la porta resiste la naturaleza que la domina, y en el caso de los humanos es difícil comprobar si se trata de algo efímero o de una eternidad. Cada persona crea un mundo donde debe lidiar con sus propios aciertos y con los errores que solo pueden curarse al momento de morir; en consecuencia, los días pueden ser más cortos o más largos para un ser que para los demás.

Siento que he vivido más que alguien normal. Mientras camino por estos lugares, donde las tormentas y la arena se unen en mi contra, el suceso que no se puede frenar se acerca como el alba en la penumbra del amanecer. La muerte y la caída de este cuerpo llegan.

Esquelético, sin músculos que me soporten, avanzo bajo los últimos rayos del sol. Me siento en una roca que sobresale en la llanura de arena, la que es peinada por los silbidos del viento que rompen el silencio tenebroso de la noche incipiente. Mi piel termina de degradarse, mis células van al encuentro de la naturaleza. Me convertiré en polvo en cualquier momento. Una sombra desciende desde el cielo. Un ave de grandes ojos viene a atestiguar mi muerte. Me reflejo en sus pupilas. Veo en ellas a cada persona que habita el mundo. Me conecto con las venas del planeta. Mi corazón se niega a dejar de palpitar. Algo en la parte anterior de mi cabeza grita. Me imagino libre como el ave que me observa. Sueño con volar. Sucede. Antes de fusionarme con el desierto, me transmuto en el rapaz.

Sin que la transformación altere mi objetivo, que es recobrar mi memoria y mi identidad, aprovecho las ventajas de este nuevo cuerpo y planeo en pos de mis recuerdos.

Avisto humo, huelo comida y algo más: aroma a antigüedad, a cubas, a madera podrida quizá, y que se expande por la ciudad, la cual en este momento comienzo a sobrevolar.

Las calles son firmes, adoquinadas; las casas, de madera rústica con paredes entroncadas. En el centro hay un bebedero, una enorme pileta de agua cristalina cuyos reflejos hieren la vista. Siento deseos de probarla. Desciendo. Es dulce, como fruta madura. En mi vagancia por este mundo desconocido este lugar resulta inusual. Las gentes circulan por las callejuelas: todos son ancianos, hombres y mujeres canosos. Vuelvo a elevarme. No hay niños ni jóvenes en ninguna parte del burgo. Vuelvo a la pileta. Me mantengo atento. Los habitantes no emiten palabra alguna. No se escuchan pájaros ni animales domésticos o de corral. Pareciese que nada respira. El sol se pone y el silencio se torna peor que cualquier ruido. Es una ciudad sin voz. Intento ulular, pero nada sale de mi garganta. Decido quedarme a descubrir el misterio.

Los ancianos despiertan al unísono, apenas el sol lanza los primeros rayos. Caminan desnudos hacia la fuente y se sumergen en una rutina purificadora. Vuelven a sus casas. Se arrodillan frente a una figura humanoide con muchos brazos, cuya postura semeja pétalos. Terminan una letanía. Se visten. Beben de una jarra de barro. El efecto del elixir es energizante. Durante el resto de la jornada, no consumen alimento. Aquello que beben los sustenta. Supongo que es una especie de poción de inmortalidad. ¿De dónde procede tal regalo?

Entro en la mente de uno de ellos. Funcionan como una mente colmena. Todos piensan lo mismo: ninguno es independiente; son, en el fondo, un mismo ser vivo, una conciencia con un solo núcleo. Lo encuentro. Es una voz gruesa que atraviesa a cada uno de los ancianos; que avanza con dificultad, esforzándose. Bajo la enorme pileta central hay una cámara dorada, y en ella, una silla colosal sobre la cual un hombre con muchos brazos y los ojos cerrados habla sin mover los labios.

Nuestras miradas se encuentran. El silencio se hace más pesado. Los ojos de la deidad se mueven ahora frenéticos. Su boca, hambrienta, saliva. Calma. El de los muchos brazos permanece inmóvil.

Me elevo para escapar del opresivo mutismo. Escucho una vibración que estremece el aire. Las bocas de los viejos se abren al unísono.

—¡Parupak! ¡Parupak! —El vocablo es una brisa que recorre mi plumaje. Desde el salón dorado, aquel ser me llama por mi nombre.

Mi esencia misma se estremece. El miedo me persigue. Trato de volver. Necesito respuestas. Una niebla cubre la ciudad. Entro en la nube. El pueblo ha desaparecido.

No me rindo, sino que sobrevuelo los alrededores por una semana. La neblina se ha disipado; de la ciudad no hay rastro.

Continúo mi viaje. No tengo un rumbo fijo, solo avanzo. Llego al océano. Mis energías menguan, tampoco he alimentado este cuerpo. Caigo al mar. Floto a la deriva. El agua se agita a mi alrededor. Dientes. Una quijada enorme se abre debajo de mí. Me devoran.

VI
Revolución invisible

Libro del primero, Jueces.
Planeta Tiamat.

La caída de los romanos era cosa de tiempo. Los pueblos bárbaros arrasaban las provincias. Durante la noche, los salvajes entraron a mi estancia y mataron a mis siervos sin piedad. Cortaron cabezas, brazos y piernas; mataron a niños, mujeres y ancianos. Subí al balcón más alto con una botella de vino a esperar. Cuando los salvajes llegaron a mí con sus pensamientos macabros, me encontraba con tres visitantes muy amados: Pegaso, Tauro y Centauro, que habían sido convocados por mi lamento. Mis hijos destrozaron cráneos, y desgarraron piel y órganos. Fue hermoso el momento. Pude contar las incontables gotas de sangre que se derramaban como vino en vendimia. La noche pasó de ruidos lamentosos a un frío silencio. Despedí a mis hijos y comencé a caminar por última vez por la casa familiar. Le prendí entonces fuego a las ruinas y los cuerpos que adornaban el piso. De Titus encontré solo la cabeza, que a pesar de todo seguía siendo muy hermosa. Antes de irme, besé sus labios y le agradecí por su compañía.

Me hice a la mar. Por alguna razón, el océano liberaba mi mente. Recordé nuestro libro sagrado *Zémira* y el relato del dios Enki, quien vigiló y gobernó los mares en Tiamat, durante los primeros tiempos de la creación. Enki gobernó Tiamat junto con su hermano Enlil, gobernante de la Tierra; fueron ellos los responsables de la creación del hombre y muchas otras especies que habitaron el planeta. La mayor parte de sus hijos se encontraban en el mar y solo un porcentaje mínimo era visible para los terrestres. Viajar por las profundidades era como ir por la ruta de las estrellas. Había colores, formas y ruidos diversos alojados en una superficie infinita. El dios del mar, en su magna afición por experimentar, quiso que su mayor creación, el hombre, pudiera llegar a cada rincón, y para esto lo dotó de escamas y branquias. En tierra, mujer y hombre los creó.

Grandes peces en las profundidades me recibían de buena forma. No era la primera vez que veían una imagen como la mía. Se me acercaban a saludar. Entonces el pez madre me ofreció llevarme. Era tan grande que sobrepasaba el largo de dos barcos romanos y era tan ancho como el mismo Coliseo. Me alojé en su vientre para descansar antes de llegar a mi destino. Durante el viaje, tuve que despertar varias veces en el año. Mi cuerpo se tornaba esquelético por la falta de alimento y me vi forzado a desarrollar branquias en mi cuello, igual que los humanos acuáticos. Conocí diferentes especies que moraban en la oscuridad de las profundidades: a las sirenas y los surnos, cuyo cuerpo tenía la mitad inferior con forma de pez. Los dragones marinos, con su gran tamaño e imponente cola de dos puntas. Sin embargo, lo más impresionante que vieron mis ojos fue una figura humanoide que custodiaba una puerta roja. Era un gigante de ocho brazos y dos cabezas llenas de tentáculos; sus ojos eran dos círculos gigantes ubicados en su estómago, y su boca era una máquina de triturar y tragar todo lo que se aproximara. Jamás, en todos mis años de vida, exploración y conocimiento, vi algo como eso.

—¡Akibeel es su nombre! —proclamó la madre de todos los peces—, y custodia a su hermano dormido, Samyaza. Mi curiosidad aumentaba con cada palabra, así que le pedí que me contara la historia de aquellos seres—. En los primeros tiempos, el padre de la creación absoluta exilió a sus hijos malditos desde los cielos, aquellos que intentaron gobernar a sus espaldas. Su comandante, Samyaza, lleno de odio por lo que había sucedido, juró venganza y repartió por todo el mundo a sus doscientos hermanos, esperando las *órdenes* de su verdadero dios, Luzbel. La ira del comandante era tan incontrolable que Luzbel lo envió al mundo de los sueños, dejando a su hermano Akibeel cuidando la puerta.

Mientras asimilaba la historia, fue inevitable darme cuenta de que los humanos estaban en peligro inminente, que más allá de sus ojos había una guerra invisible, una disputa de poder. Era necesario seguir con el plan para preservar este mundo.

La madre colosal por fin llegaba a tierra y yo me despedía para iniciar una revolución mundial. La búsqueda de información era necesaria para diseñar el plan perfecto. Recorrí oriente y todos los lugares donde habitaban personas, estudié sus libros sagrados y aprendí de sus dioses. Después de varios años analizando los códigos y las escrituras, decidí procrear un nuevo hijo, un líder, un nuevo Jesús.

De la tribu de Quresh seleccioné a un matrimonio joven, el cual engendraría a mi único hijo humano, Homa. Para poder llevar cabo mi plan, tuve que tomar el cuerpo de un familiar cercano, introducirme en la cama de la mujer y poseerla fingiendo ser su marido.

Cuando los padres de Homa murieron, lo convencí de retirarnos a las montañas, a unas cuevas llamadas Caljhu, en donde los espíritus se conectaban con los elegidos. Él era alguien diferente a los demás, mitad humano y mitad gris, el primer híbrido en la tierra, o por lo menos el que yo había concebido.

Noche tras noche le mostré a mi hijo querido todo lo que las escrituras decían y lo que presagiaban, lavando su cerebro hasta el extremo de la locura. Cuando salió de las cuevas, era un ser nuevo, con una mirada fría pero intensa, con un conocimiento erudito sobre el creador y con un nuevo mensaje para su pueblo, el Islam. Esta religión tuvo el impacto que previmos: habíamos logrado controlar a una parte de la humanidad y el pacto que hicimos en ese bosque estaba zanjado. Era tiempo de marcharme y dejar a este hijo prosperar.

En el año 640, mientras analizaba los patrones que entrelazan las gotas de agua, sentí una vida apagarse muy lentamente: era uno de mis hijos, era Homa. Se acababa el plan, el proyecto de orden y la manipulación cerebral, pero más que eso se extinguía aquello que me hizo sentir humano.

VII
El despertar de un nuevo tiempo

Libro del primero, Reyes.
Planeta Tiamat.

Ser un humano y sentir como tal es una experiencia compleja. Se experimentan ráfagas de placer, amor y tristeza. El peso que acumulé fue más de lo que quería y me sentía tan agotado como desanimado; necesitaba dormir. Teletransporté mi cuerpo hasta mi carro estelar y cerré los ojos.

En el breve periodo de mi descanso, el mundo cambió. Era el año 1936 y la escena europea se hacía cada vez más tensa. Las discusiones en la asamblea del partido nacionalsocialista alemán por imponer un régimen totalitario eran abrumadoras. La figura de un hombre lleno de pensamientos con olor a sangre me mantenía vigilante.

Este sujeto era todo un misterio para mí: parecía ser un simple humano, pero algo en él no estaba bien. Su mirada era tan fuerte que podría asustar a un tigre y sus palabras parecían hipnotizar a todo aquel que lo mirase directamente a los ojos. Nunca vi tanto peligro en un solo terrícola. Mi preocupación aumentó, ni siquiera podía leer su mente o manipularlo; era como si algo o alguien bloqueara mis facultades, pero aun así estuve cerca de él como un fiel soldado, su mano derecha.

Antes de que la guerra iniciara, nos reunimos en una habitación singular: las paredes parecían estar escritas en un idioma más antiguo que el sumerio. Era el idioma tharthu, una escritura arcaica de una especie anunaki ancestral. Este dialecto no era muy conocido por los grises, ya que solo la realeza era iniciada en aquel lenguaje. Mientras miraba con curiosidad y asombro la habitación, este sujeto sacó un bolígrafo y anotó en un papel las siguientes palabras: *"Ich weiß"*. Su traducción es: "Lo sé". Entonces me lo entregó con un apretón de mano. Desde ese momento me limité a observar sin intervenir.

En 1939, cuando la guerra estaba comenzando, volví a reunirme con él en su habitación privada. Como de costumbre, su cara estaba sin expresión y su mirada, aún más fría.

—La humanidad recordará que nacieron para morir bajo el poder de quien los creó, conscientes de que su vida es un aliento prestado por un ser superior —mencionó el dictador.

Luego me entregó una libreta con diversas indicaciones y nombres de personas que no conocía. Era una lista sin fin, literalmente. Cuando pensaba que iba a llegar a la última página, aparecían más nombres. Lo miré y pregunté cuál era el significado de eso; él respondió que cuando la guerra terminara, los nombres cesarían.

Mi cercanía con aquel hombre era especial. No conocía todo sobre él, pero me intrigaba su forma de actuar y pensar. Una de las misiones que me asignó fue ser el jefe al mando de una de sus barracas con prisioneros judíos. Por mis viajes durante más de un siglo, me relacioné con muchos judíos y me impresionaba su dedicación a sus libros sagrados. Este sitio, donde estaban cautivos, concibió horrores tan grandes que los espectadores del futuro no lo olvidarán.

Al fondo del patio, tres hombres agonizaban crucificados. La nieve caía como una especie de burla sublime. Sus nombres son inolvidables, al igual que su dolor; fueron conocidos como Amiel, Gamal y Jaim. Cada uno había sentido emociones diferentes antes de morir; me afligí cuando leí sus mentes.

Amiel recordó el día en que su hermano mayor se casó. Para él fue un momento lleno de alegría: su hermano más querido se veía feliz por única vez. Gamal recordó el dulce de manzana que hacía su abuela; su sabor le ponía sus pelos de punta. Jamil, por su parte, proyectaba imágenes intermitentes de una mujer y su sonrisa. No hacía falta ser extraterrestre o humano para entender que esa era una forma de mitigar el dolor. Aquello fue el principio de una masacre continua.

Antes de que Alemania cayera, tuvimos una última reunión, solos él y yo. Los demás, coroneles y seguidores, esperaban fuera. Apenas cerré la puerta, el ambiente de esa habitación se volvió sombrío. Sin decir una sola palabra, el dictador comenzó a despojarse de sus accesorios y vestuario. Cuando estuvo completamente desnudo, me dijo que debía observar, ya que sería la primera y última vez que lo haría. Con un sonido parecido al que emiten los insectos, comenzó a transformar su cuerpo… Sus huesos empezaron a crujir como si se fracturaran y su piel se desgarraba a medida que crecía. Su tamaño se había duplicado, sus piernas y sus brazos eran largos y delgados ahora, y su piel tenía un color azul opaco, con escamas; sus ojos, por lo demás, eran negros como el universo. Una nueva raza de extraterrestre estaba ante mí, algo magnífico, más poderoso que todos los grises que conocía.

—Creamos a los humanos con un propósito claro: la esclavitud. Esa es la vida que merecen. En el origen, no pensaban en nada más que en recolectar el oro que necesitábamos. Estoy aquí desde que Enki los creó, y he vivido lo suficiente entre estos envases para distinguir que, a pesar de las intervenciones de tu raza y los intentos por mantener a los terrestres con vida, no lo merecen. Los sabios antiguos predican que el Creador de todo iluminó a Enki durante su creación y que se les debe misericordia, pero nadie sabe si eso es verdad. Prefiero creer la versión de Enlil y acabar con estos impuros, que no merecen llevar nuestra sangre.

Asentí, ya que mis palabras no encontraban salida. Se acercó, me olió y preguntó qué opinión me merecían los humanos. Sabía que cualquier signo de empatía podría provocar mi muerte.

—Son imperfectos, pero pueden sentir emociones que jamás podrían experimentar otras especies del universo —respondí. No era la respuesta que esperaba.

Su espalda comenzó a abrirse, dejando ver unos tentáculos que se movían golpeando el suelo de forma estrepitosa. Uno de esos tentáculos me tomó del cuello y me puso frente a sus ojos.

—Hueles como ellos —dijo y me lanzó contra la pared.

Cuando me repuse, su figura monstruosa había regresado a su estado inicial, con traje de general, de dictador. Un movimiento de manillas desvió la tensión: la puerta se abrió y una mujer con los ojos perdidos caminó directo hacia él y lo abrazó. Mi mente no podía entender aquella escena de amor y fraternidad entre la oscuridad y la luz; entonces, murmuró algo que años más tarde lograría entender.

Ese es el último recuerdo que tengo de aquella noche y la última vez que los vi.

Cuarto
La madre de las profundidades

Año desconocido en el futuro, después del cataclismo.

Despierto. Un chorro de agua sale por mis narices. Abro los ojos. Lo último que recuerdo es que caí al mar y un ser enorme abrió sus fauces y me tragó. Estoy en una especie de cueva de carne. Hiede a pescado y sal.

—Hijo de Trenka —una voz me habla desde el agujero sin fin en el que estoy atrapado—. Parupak, quien viene desde lejos para vivir con los humanos, hemos estado esperando tu regreso. —Era la segunda vez que me llamaban por aquel nombre, sin duda, me conocían—. Mi madre te conoció en otro tiempo, en la época del asentamiento humano y gris, donde fuiste gestor de vida y muerte. —Y la cueva volvió a retumbar.

Sus palabras cobran sentido. Siento temor y ansiedad. No sé si es cierto o no lo que dice este animal marino. La verdad se va armando pedazo a pedazo en un vagabundear macabro. Quiero que lo que me informa sea real. Necesito recordar quién soy. Inquiero, disparo una pregunta tras otra. Pero guarda silencio.

Siento ira. Evalúo la posibilidad de sacarle las entrañas, de cortar su enorme cuerpo en pedacitos. Pero desisto en mi intento asesino.

—¿Quién era tu madre? —pregunto.

—La conociste en la era pasada, antes del último gran cataclismo, cuando la tierra producía un verde abundante, alimento en los árboles y metales en los yacimientos; la vida artificial se extendía incluso para los ojos del cielo. Ella te explicó algunas historias que jamás volvieron a contarse y te guio en tu despertar para planificar la salvación. La humanidad nunca la conoció, sino que solo fue nombrada en leyendas de pescadores como la "ballena blanca", pero en la enorme superficie marina se le llama "Cor Maris", quien luchó contra el gran dragón marino en la guerra del año cero. —Mientras la escucho, entiendo que he vivido por miles de años; hay una historia que me es desconocida; un mundo desconocido y que se halla lejos de los parajes áridos o congelados que he recorrido hasta ahora. La ballena continúa—: Algunos encuentros no son causados por el azar, Parupak, hijo de Trenka, sino por el destino. Mi madre, durante una tregua en medio de la guerra del año cero, nos mencionó a un ser especial que conectaba este cielo y el otro; tenía la capacidad de crear vida y destruirla, y albergaba un deseo prohibido para su estirpe; como tantos otros, proclamaba en su cara la marca de la deserción. Propicio encuentro hemos tenido, pero debes encontrar tu historia para poder terminar tu trabajo; la era inconclusa debe morir para que un nuevo mundo pueda nacer. Debes hallar a la tribu K-pak, que alberga entre sus tesoros sagrados un escrito antiguo llamado *Habitant*. En él descubrirás quién eres y tu misión.

—¿Cómo los encuentro?

—En dos días te dejaré en las cercanías de la tribu K-pak, es lo que puedo hacer por ti.

Salgo a la superficie. Me poso en un árbol verde y frondoso. No había visto tal feracidad hasta ahora. Aún conservo mi cuerpo de ave. El viaje me ha ayudado a recuperarme. Desde la copa puedo ver un mar de árboles, y escucho a los animales pulular por la floresta. Me muevo de rama en rama para observar mejor. Mi envergadura es muy superior a la de los demás pájaros del bosque. De seguro no pasaré desapercibido para los humanos que aquí habiten.

Intento entender las mentes de este presente, incluso en ellas hay muchos espacios vacíos. Decido avanzar con cuidado y obtener un nuevo cuerpo. No quiero que suceda lo que pasó en la pirámide dorada, dominada por aquel desagradable reptiliano. Tengo que estar atento al sangriento culto a Cthulhu.

Paso unas noches merodeando las cercanías de un rústico poblado compuesto por chozas de barro y ramas. Los aldeanos están dormidos, han trabajado todo el día en el campo, cazando, recolectando frutos silvestres o cuidando el ganado. Sigo vigilando. Escucho pasos presurosos y gritos femeninos. Los hombres se suman y comienzan a recolectar leños. Encienden un fuego. El que parece ser el líder tribal va en busca de una anciana, cuya mirada está teñida de blanco. Forman un círculo alrededor de la pira. Entonan una letanía que no comprendo. Plegarias. El líder lleva hasta el fogón el cuerpo de una niña pequeña, cuyos brazos delgados oscilan de lado a lado. Está muriendo. Es mi oportunidad.

Dejo que el ritual siga su curso. En ese momento distingo una palabra. Un nombre entonado como si fuese el de una deidad: "¡Parupak! ¡Parupak!".

La tribu pide mi ayuda. La situación me favorece. Extiendo mis alas y salgo del bosque. Aterrizo en la cabeza de la moribunda. Me transmuto en ella. Mi cuerpo de autillo se vuelve polvo. Una mujer embarazada llora, gritando al cielo.

VIII
Aquellos que aparecieron

Libro del primero, segunda de Reyes.
Planeta Tiamat.

1960, el mundo reaccionaba a la sangre que se había derramado. Los humanos pedían un alto a la muerte con armas de colores, como si la naturaleza hablara a través de ellos. Fue una época cuya fugacidad lamento, ya que por primera vez se valoró la vida más allá de los intereses personales. El mestizaje entre grises y humanos había sido esparcido por muchos rincones, pero a la vista de las personas todo seguía como siempre.

Una de las grandes intervenciones de estos "mestizos" se produjo en el ámbito de la música popular. Me encontraba en la ciudad de Liverpool. Mientras caminaba por sus calles, sentí una presencia dentro de una iglesia. Cuando entré, pude apreciar a un chico normal, pero al leer su mente me pude dar cuenta de que aún no sabía sobre su origen y lo que podía llegar a ser. Tocaba una melodía conocida y lo hacía de forma muy exacta. Me acerqué lo suficiente, lo miré, me sonrió, detuvo su tonada y me preguntó si me gustaba la música. Eso era irrelevante para mí, pero contesté de forma afirmativa. Dejé pasar un instante y le pedí su guitarra. Leí su mente con mayor intensidad y busqué todo aquello que pudiera desear y esperar de mí.

—¿Little Richard? —dije, mientras cambiaba notas con la mano derecha.

Su reacción al escuchar mi tonada fue orgásmica. Sus ojos brillaban y sus labios parecían esbozar una declaración de placer. Cuando terminé el último arpegio, una sonrisa confiada me invitaba a algo más que un aplauso.

—Es hora de marcharme —confesé—. Pero pronto sabrás de mí.

Tiempo después, el mundo nos conocería como una de las bandas inglesas más influyentes en el rock.

La muerte… tan fría, precursora de actos buenos, crueles e inocentes, espada de justicia y venganza. Jamás tendría una contienda contigo; aun siendo extranjero en esta Tierra, sé de ti porque tu nombre es conocido más allá del infinito. Así fue como un día de arte, bajo la forma de serpiente, la señora parca ofreció a mi John la manzana con dulce amor envenenado. La infección se esparció por su cuerpo y su cerebro; sus ojos se nublaron, sus ideas propias desaparecieron y lentamente fue muriendo. Lo confieso: intenté salvarlo de aquello que lo mantenía ciego. El amor.

Las relaciones humanas eran un apartado de situaciones complejas, y en una pareja de mestizos lo eran más. En la mujer que dominaba a John se alojaba la sangre más repudiable. No solo los grises se habían mezclado con los humanos: aquellos que renegaban también lo habían hecho. Aun así, fui con aquella extraña criatura.

—Libéralo —dije, bebiendo del té que me había preparado.

Sus ojos rasgados se fijaron en el agua caliente y el azúcar, luego me miraron.

—Había escuchado sobre ti, Parupak. Las historias sobre el primer gris que se convirtió en terrestre. Debió de ser complejo durante estos años darte cuenta de que los humanos son seres inferiores. Mi padre, quien aborrece la sangre de estos monos lampiños, me concedió la vida y una misión: destruir a la humanidad desde dentro. John ni siquiera sabe quién es, no sabe cómo vivir con eso ni qué hacer con su destino. Al igual que yo, *él no* debió nacer y lo que tengo de mestizo está haciendo lo correcto. Puedo prometer que siempre lo cuidaré y morirá sin saber que es una aberración. No está preparado para esa verdad.

Pude oponerme a sus palabras: intentar controlar su mente o borrar sus recuerdos, pero ella decía la verdad. Aun así, mi amigo corría peligro a su lado, pues los dos jugaban a ser humanos inconscientes en el mundo. Lo que más me preocupaba era ese olor que desprendía la mujer: apestaba a sangre, a muerte y crueldad, cosa que me recordaba mi época oscura.

Mi mente jugaba con escenarios posibles. Ninguno era favorable. La hibridación de razas extraterrestres era un tema nuevo para mí y no tenía la información necesaria para tomar una decisión frente a los hechos que estaban ocurriendo, pero posiblemente los demás, sí. Tomé el teléfono y marqué un número que vino a mi mente.

—El mismo lugar de siempre, querido —contestó una voz femenina y cortó.

Hace años que no los veía y me daba curiosidad conocer sus nuevos aspectos, pero lo que realmente me preocupaba era saber su opinión respecto al renacer de nuestra especie.

El lugar permanecía casi intacto, con más vegetación que la vez pasada; como si fuera un plan del destino, fui el primero en llegar. Estaba ansioso por ver a cada uno. El viento sopló como en un temporal y, cual si las partículas de polvo se fusionaran, la imagen de tres individuos se presentó ante mí. Iban vestidos de traje: dos hombres y una mujer muy atractiva. Los miré con fijeza y les pregunté dónde estaba el cuarto miembro. No respondieron, sino que miraron entre los árboles; ahí noté su presencia, pues a toda velocidad un tigre se dirigía hacia mí. Me empujó al suelo.

—¡Solo quería estar seguro! —murmuró la bestia y caminó hacia los otros, que evidentemente lo respetaban.

Al igual que la primera vez, el líder tomó la palabra para dar inicio a la asamblea.

—Para los samuráis, los tigres representan la fuerza, el equilibrio y la realeza. Durante sus batallas usaban este símbolo en sus frentes para recordar quiénes debían ser y no temer cuando con sus espadas cortaban los cuerpos de sus oponentes. Lo increíble de esto es que proyectaban en un animal características que solo formas pensantes podrían tener. Preferían creer en una criatura y pensar que esta contenía rasgos superiores, como si un espíritu tomara la forma de tigre para guiarlos. *¿Realmente lo que pensaban los samuráis era cierto? ¿Somos seres superiores?* A lo largo de la historia hemos manipulado a la humanidad, de distintas formas, para su beneficio y el nuestro. Hemos sido llamados de muchas maneras y estaremos en este mundo hasta que la respiración del último ser se extinga.

»Guerrero Parupak, nos has convocado como aquella vez donde nuestro futuro peligraba: cuéntanos de este nuevo problema y sabremos dar respuesta a tus interrogantes —finalizó.

—Desde que decidimos vivir en este planeta, hemos velado por mantenerlo en pie; caminamos como seres mortales, fingiendo poseer mentes perturbadas por el egoísmo y el placer. Pero los tiempos cada vez son más irregulares y propensos a la manipulación de nuestros semejantes. Miles de humanos son elegidos de forma azarosa para llevar a cabo alguna idea nacida de su capricho; aun así, ninguno de nosotros interviene en esos juegos de poder, porque existe un equilibrio que podemos manejar. El equilibrio está en peligro y, como aquella vez, nos hallamos bajo una amenaza que podría acabar con nuestros planes de preservación. Nos hemos mezclado en un mundo que deseamos que sea nuestro y la necesidad de pertenecer nos ha hecho débiles y nefastos, inconscientes a las consecuencias que esto podría traer. Estoy frente a ustedes porque la amenaza que una vez nos reunió en este mismo lugar crece con más fuerza, disfrazando sus hijos entre la multitud y destruyendo desde el interior lo que queremos proteger.

Silencio. La mujer sacó una libreta y me la entregó. En ella había seis nombres: cinco que yo no conocía y uno que por esos días era muy famoso debido a su postulación a la presidencia.

¿Qué debo hacer con esto? —inquirí.

—Acabar con su vida, Parupak. Estas seis personas podrían obstaculizar nuestro plan: cada uno de ellos, en el futuro, adquirirá información acerca de nosotros e intentarán contarle al mundo quiénes somos, por eso resulta imperativa su eliminación.

La lista de nombres parecía estar escrita sin ningún orden.

1. A. C. 1960.
2. N. B. 1962.
3. J. F. K. 1963.
4. G. G. C. 1965.
5. D. F. S. 1997.
6. G. S. 2148.

IX
Los seis

Libro del primero, Crónicas.
Planeta Tiamat.

Número uno

Si bien conocía los nombres de esas personas, decidí llamarlas por su numeración y orden de muerte. Intentaba ser un poco más "humano" y desentenderme de la atrocidad que cometería. Número "Uno" era un escritor famoso, además era híbrido y mantenía recuerdos inconexos heredados de su progenitor, lo que provocaba una confusión en su identidad.

Se preparaba para su próxima publicación, la que, sin duda, impactaría al mundo entero. El libro hablaba de un sujeto ajeno a este mundo, que no pensaba igual que los demás, y al cual día a día le venían recuerdos de otros mundos y que podía percibir cosas que ningún otro humano era capaz de notar; en ocasiones, incluso, se conectaba con seres extraterrestres. *Grosso modo*, revelaba el sentir de los mestizos con detalles que nos colocaban en evidencia. Podría haberme teletransportado, pero prefería viajar para pensar, mirar y respirar antes de matar. Ya en la región de Borgoña, rápidamente di con el paradero de "Uno". Comencé a subir las escaleras de un pequeño edificio que parecía haber sido testigo de infinidad de historias. Llegué a la puerta setenta y ocho y golpeé tres veces (una costumbre humana), luego tres veces más. La puerta se abrió.

—Hola —sostuvo el sujeto.

—Es un honor conocerlo por fin, vengo por una razón muy importante y me gustaría que me escuchara durante unos minutos.

Dudó si hacerme entrar en su apartamento, pero en definitiva lo hizo.

—¿Cuál es su nombre? —preguntó.

—Parupak, hijo de Trenka, engendrado en las colinas de monte Tarupá, ciudad de Teruck, nacido como un gris en el planeta Ninzu, pero convertido en humano por el ideal de la verdadera felicidad.

Su cara se quedó congelada y su respiración se cortó con un sollozo de adolescente, luego sacó un cigarrillo Shesterfield y, con una mano temblorosa, lo encendió.

—No puedo creerlo —esbozó, mientras su mano temblorosa sujetaba el cigarrillo; el sudor recorría su cara.

—Tu libro pondrá en una situación delicada a los nuestros. Debemos velar por el orden global, lo cual permite nuestra estadía y prosperidad en este mundo.

Comenzó a llorar e implorar por su vida; me dijo que jamás diría nada y que no publicaría el libro; me pidió que le enseñara a vivir como nosotros y juró que sería fiel a los planes que tuviéramos. Supe que decía la verdad.

—Debes irte y jamás regresar —le dije, tomándolo de las manos.

Salió del apartamento con el rostro agradecido y subió a su auto. Sentí entonces su aceleración y lo seguí para cumplir mi promesa. Cuando el vehículo llegó a una curva, aparecí frente a él, en medio del camino, en la forma de un niño de cuatro años. Al tratar de esquivarme, chocó contra un árbol. Su muerte fue instantánea.

La oscuridad volvía a mí como un viejo amigo del pasado, como un recuerdo que no quería de regreso.

Número dos

¿Qué pueden significar unas fotos para los hombres de los años sesenta? Era un cuestionamiento recurrente que me hacía. Intentaba comprender de qué se trataba esa fijación. Entonces llegó a mis manos la foto de una mujer que, aparte de la belleza que respondía a los estereotipos de aquellos momentos, tenía una mirada que demostraba deseo sexual y al mismo tiempo un vacío tan profundo como la oscura profundidad del océano.

Con tal precedente planifiqué la manera de acercarme. Busqué a los fotógrafos con quienes ella trabajaba. El más cercano era un tal "Milton". Ya sin remordimiento, fui en busca de aquel sujeto y, sin problemas, dominé su cuerpo y su mente. Entonces utilicé su confianza para saber la forma perfecta de terminar con el objetivo.

Cuando por fin estuve lo suficientemente cerca, leí sus pensamientos: su mente estaba fragmentada entre el sexo y las violaciones, tanto emocionales como físicas. Se confundía entre el amor y lo carnal. Tras largas conversaciones y el consumo de múltiples sustancias, traté de entender cuál era su papel en esta carrera de preservación de nuestra especie. Me parecía alguien común y aquello la hacía aún más peligrosa. Mi gusto por la sangre se había despertado, pero quería que mi plan fuera perfecto.

"Dos" mantenía intimidad con dos hermanos que controlaban las arcas mundiales. Se sentía tan poderosa y deseada que no le importaba estar con ambos, aun cuando sus sentimientos reales estaban con Bob. Nada podía parar su ego extraterrenal. Sin embargo, no solo compartían aquello: los secretos de estado y las conversaciones en sus fiestas privadas la hacían una confidente tan peligrosa que la mafia, al igual que yo, posó sus ojos en ella, aunque de manera muy diferente.

Cuando pienso en todo el sexo que he experimentado desde que pisé el suelo terrestre, no imagino una mejor forma de definirlo que como un fugaz relámpago de medianoche, uno que estremece el aire y cruza desde el cielo hasta la tierra, mientras el corazón se precipita con cada estruendo y queda a la espera del siguiente, el cual se anhela con mayor esperanza y agitación que el primero. Por unos breves momentos la monotonía de la vida cobra un sentido de inconsecuencia y precipitada fluidez. El humano no pretende felicidad en virtud de la paz, más bien grita en forma silenciosa y calculadora la esperanza de la lujuria y el deseo, pues solo este consigue la auténtica satisfacción, que incluso el cerebro intenta prohibir, ya que los riesgos de perderse en ella llevan a la devastación.

A esta mujer, que ostentaba una belleza extravagante para su tiempo, lo único que le importaba eran las noches libidinosas. Ya no fueron solo dos sus amantes, sino que éramos tres.

Un día de rodaje propicié nuestro primer encuentro. Ella usaba un vestido con flores. Tenía pelos de perro pegados en su abrigo. Me acerqué para invitarle un trago. Cuando ella giró para aceptar o rechazar mi propuesta, lo que vio en mí fue lo que siempre quiso ver. Permanecimos pasmados, fijados el uno en el otro; fueron segundos luengos y verídicos, que de alguna forma duraron eones. La tomé de la mano y nos fuimos a su casa. Durante el trayecto tampoco dijimos nada. Ella me miraba desconcertada, preguntándose de dónde había aparecido, por qué sentía eso tan extraño y tan excitante al mismo tiempo; no comprendía que un hombre fuera más potente que sus drogas. Al llegar nos recibió su ama de llaves, una mujer de avanzada edad. Entramos envueltos en ese silencio dulce.

—¿Un trago? —preguntó con dulzura.

—Güisqui —respondí.

Mientras fumaba sus cigarrillos, intentaba doblegar mi mirada. Comenzó a preguntarme quién era y de dónde venía. Respondí que eso no importaba, que estábamos aquí por una razón mayor; que era necesario nuestro encuentro, que perdiera el miedo a encontrar lo que buscaba. Dejó salir una leve risa.

—¡Esto es una locura! —exclamó.

Fue a su habitación. La seguí. El cuarto estaba decorado de forma minuciosa. Frente a la cama había un sillón blanco. En una esquina, una repisa con infinidad de libros. ¿Quién podría creer que tan exuberante criatura desafiara los espacios internos de una sociedad craquelada por las apariencias? Pero ahí estaba. Su cerebro se alimentaba del terror cósmico de Lovecraft, a quien conocí durante mis interminables viajes por la oscuridad. Las historias de aquel escritor, contrario a la creencia popular, no correspondían a fantasía, sino que eran sus memorias de la Tierra de los primeros, de antes de lo creado y conocido. Tal sujeto era un "thusalhen", que en la lengua más antigua jamás creada significaba: "*scriptor noctis*".

Sabía de antemano que mi anfitriona no manejaba esta información, sino que estaba poseída por las ficciones tenebrosas que le provocaban fascinación. Volví de mis pensamientos para encontrarme con el Necronomicón y, entre sus páginas, un sobre con una carta cuyo contenido revelaba un tratado entre los monarcas actuales y unos seres que intentábamos mantener lejos de la realidad.

"I wanna be loved by you". *"I wanna be loved by you"*.

Pronto, su dulce y seductora melodía en mi oído me llevó a una desconexión. Me despreocupé de lo elemental y dejé caer mi cuerpo durante toda la noche en la efímera esfera del deseo. Cuando el cansancio gobernó su cuerpo, me retiré con aquel escrito que tanto mal traería al mundo.

En agosto del sesenta y dos, mientras yo me disponía a cumplir con la muerte de "Dos", los hermanos amantes, en una jugada desesperada por mantener sus secretos alejados de la mafia, colocaron fin a su debilidad. Sin embargo, los acuerdos con seres que no admiran a los humanos tienen su costo, y los sacrificios son la moneda de cambio.

Un año más tarde y con todas las contradicciones posibles, "Tres" era atravesado por dos balas, una de las cuales esparció sus sesos por los aires, el pavimento y los espectadores que habían venido a recibirlo.

Número cuatro

En algún punto de la historia, los aztecas simbolizaron un vínculo de paz entre Tiamat y Ninzu. Por su devoción incuestionable al rey AN, se les otorgó la entrada a nuestra gran ciudad. Pero siempre hay excepciones. La inteligencia del ser humano no viene de su propia esencia, sino que son implantes o voces invisibles los que hacen el trabajo. Los hombres y mujeres más brillantes han recibido ayuda de seres que no han sido mencionados en la versión oficial de los hechos.

Ciudad de México albergaba al último *djinn* que permanecía despierto. Estos seres fueron creados a partir de las transmutaciones fallidas de nuestra especie: almas que no pudieron entrar en los cuerpos, que quedaron vagando entre el plano espiritual y el material. Sus propósitos eran un misterio. Este caso era la excepción y sus planes se contraponían a los nuestros. Es en este punto donde número "Cuatro" hizo su aparición. Desde muy pequeño un *djinn* lo acompañaba, controlando su mente a voluntad. Su cerebro estaba tan desarrollado que había creado un mecanismo de comunicación masivo, con el cual podría llegar a manipular mentes a larga distancia, con el objetivo de revelar a la humanidad la existencia de seres superiores que gobernaban desde la génesis de la creación. Su proyecto se fortalecía. Había recabado muchas pruebas que sustentaban las visitas de grises desde los inicios del tiempo. Con registros irrefutables, tan bien planteados que si se revelaban, sería el fin de nuestra era. Había que despegar a este "ente" de su compañero. Para lograrlo, era necesaria una distracción tan grande, que diera espacio a la duda y la desesperación. Me vi obligado a igualar sus condiciones. Pagando el precio de la incertidumbre, dejé mi cuerpo actual para permanecer el tiempo que necesitaba como un alma. En ese plano fue donde nos encontramos y luchamos durante días. En paralelo, "Cuatro" se disponía a transmitir, por medio de sus inventos, nuestro secreto. Tal inteligencia superaba con creces la capacidad de cualquiera sobre la faz de Tiamat. Lo que logró construir se encontraba delineado en uno de los planos que Nikola Tesla guardó en un hotel en Nueva York. El artefacto era magnífico: una antena, que llegaba hasta el núcleo interno del planeta, construida con materiales extraterrestres. El poder de aquello era suficiente para alimentar con ondas eléctricas cada cerebro humano y con ello enviar mensajes ilimitados, sin barreras que pudieran detenerlo.

Mi tiempo se estaba acabando y jamás me había enfrentado a tales riesgos: mi existencia corría peligro. Mi estrategia consistía en luchar con el *djinn* y cuando este intentara tomar mi cuerpo como receptáculo, yo me anticiparía tomando posesión de "Cuatro" y podría matarlo antes de que mi enemigo etéreo pudiera adaptarse a su nuevo recipiente. Obviamente yo corría con ventaja, debido a mi acabado conocimiento de la vida y los cientos de cuerpos que había habitado en estos milenios. Mi plan tuvo éxito. El *djinn* logró su cometido, pero no logró adaptarse lo suficientemente rápido: comenzó a tambalear y a realizar movimientos inconexos, entonces, con tanta facilidad como la que tiene pestañear, hice explotar su cabeza con solo pensarlo. Luego provoqué una explosión tan grande que desde todos los rincones de la gran ciudad se logró ver la luz potente de las llamas, con lo cual destruí todo rastro del artefacto. Es increíble que hechos como estos jamás salieran a la luz, y de cierta forma admiro las tapaderas que los gobiernos utilizaron para engañar a la gente. Luego de tal espectáculo, solo quedaba una cosa por hacer: deshacerme del cuerpo que portaba.

Tomé un auto que estaba cerca de las instalaciones y aceleré por la avenida mientras la radio tocaba a Sinatra. Empujé el pedal a fondo. Un árbol se asomó frente a mis ojos, y sin pensarlo me dirigí hacia él. Recibí el impacto de modo directo y, mientras agonizaba, un viejo amigo plumífero se posó en la copa del mismo árbol. El rojo espeso de la sangre nublaba mis ojos en tanto reflejaban el intercambio de almas, que una vez más se volvía indispensable para mí. Tras un parpadeo estaba ya convertido en un búho gris.

Comenzaba a preferir habitar en aves, y esta en específico se hallaba en sintonía con mis intenciones. Era como si la jugada estuviera predestinada por un arquitecto mayor. Mientras tanto, no tenía poder para manejar esas situaciones: me limitaba a aprovechar lo que me daba el destino.

Durante varias horas permanecí observando el lugar del accidente, parte del cuerpo se encontraba esparcido como una especie de grasa viscosa, el resto, el tórax y las extremidades, estaba perforado por los fierros. Si bien no había vida en él, lo contemplé lo suficiente como para poder reflexionar sobre el alcance de las fuerzas en pugna por la supremacía del mundo.

Durante más de tres décadas me retiré a los bosques parisinos, rodeado de abundante vegetación y enormes cedros que albergaban distintos animales, incluyendo una familia de lechuzas y búhos. Estas aves no forman jerarquías, pero desde mi llegada todas las especies se sometieron a mí. Era fácil distinguirme. Mi cuerpo había crecido al doble de su tamaño natural y mis ojos oscuros brillaban tanto que podían reflejar hasta los insectos más pequeños. Además, mi aspecto era esquelético, porque alimentarme no era una de mis prioridades.

Los ciudadanos que asistían regularmente a estos bosques preferían mantener cierta distancia con respecto de nuestra especie, pues pensaban que nuestra visita era un presagio de muerte, y no los culpaba, pues yo mismo permanecí años en el cuerpo de este pájaro cometiendo crímenes de muerte para salvar la vida existente.

Nuestra presencia se desparramó tan rápido como las pestes antiguas y, con ello, el temor de la muchedumbre. La noche fue un paraíso para desplegarnos en luchas constantes contra otros predadores; nada los hacía temer, porque mi figura perforaba las mentes de quien quisiera atacarnos. Los animales muertos rodeaban la superficie que, al despejarse la espesa niebla húmeda, adornaban los verdes parajes del Boulogne.

Esta vida salvaje me ayudó a olvidar mis crímenes y a sentir que acechar era parte de mi naturaleza. Solo en esta forma matar resultaba natural y necesario, incluso podía adoctrinar a los demás y ser adorado por esto. Sin embargo, mi tiempo final en esta naturaleza se aproximaba, y con ello, el retorno a la realidad que acontecía.

Una mañana, con los primeros rayos del sol, fui visitado por un cuervo de ojos rojos.

—No olvides por lo que estamos aquí, Parupack —dijo entre trinos, y se alejó tan rápidamente como había llegado.

Volteé el cuello para mirar por última vez los grandes parajes y azoté mis alas, desparramando mis plumas, las que el viento guio a cada rincón de la inmensa arboleda.

Cuando la última tocó el suelo, la imagen del búho había desaparecido para siempre.

Número cinco

Entre innovaciones, mestizaje y control social, la vida seguía su rumbo. Durante las décadas que no estuve, mis aliados se encargaron de minimizar las desviaciones posibles en cada parte del mundo. Y aunque el costo de mantener nuestro plan en marcha se pagó con abundantes muertes, estas redundaron en prosperidad para nuestra especie. Mi papel, con todo, era tan importante como el de ellos.

Era el turno de "Cinco", que por esos días recorría París. Lamento su muerte, sobre todo por la causa que sustentaba su ejecución. Había pocas estirpes en el mundo con sangre real: familias que habían logrado permanecer en pie desde el poblamiento masivo de la tierra. Superaron grandes pestes y hambrunas, esforzándose por mantener una línea sanguínea pura. No eran muchas. Ese tipo de linajes eran imposibles de mantener por siempre, pero algunos protocolos antiguos continuaban rigiendo ciertas monarquías.

No sabíamos a ciencia cierta si esta rama de humanos mantenía conexión directa con grises o reptiles. Durante el proceso histórico estuvieron al margen de cualquier disputa, y aunque lucharon por el control de las naciones, sus acciones nunca se contrapusieron a nuestro plan de supervivencia. Era extraño que alguno de ellos interviniese en la disputa entre las fuerzas predominantes. "Cinco" era la excepción que confirmaba la regla. Era la nueva integrante de la casa de Sajonia-Coburgo y Gotha, una princesa en ascenso. Jamás fue invitada a las reuniones familiares. La razón era simple: su sangre no era de la pureza que esperaban, por lo que su presencia manchaba la sala de reuniones, que hace siglos albergaba los aromas de la monarquía medieval. A ella no le interesaban los encuentros ni la política o las conversaciones diplomáticas, tampoco rememorar un pasado dorado. Ella valoraba la naturaleza en su micro y macro formación, soñaba con ciudades donde las diferencias no existieran. Era una presa fácil para los hambrientos seres que deambulaban en la superficie. El que se acercó fue el peor: la aberración, la encarnación de la sangre y la destrucción. Zirah volvía en persona después de un largo rodaje entre especies. Era impresionante ver cómo el ser más abominable existente se hacía presente a causa de una mortal. No fue difícil corromper las buenas intenciones y las ilusiones de la frágil mujer, transformando sus virtudes en debilidades. "Cinco" esperaba ser el nexo entre humanos, grises y reptiles. Zirah se encargó de hacerle creer que era posible si se proclamaba reina, para lo cual debía derrocar a la actual matriarca y formar una alianza de paz. Cualquiera que comprendiera los motivos de cada parte, entendería que era una trampa. La familia real estaba agitada por los eventos que acontecían en los pasillos de palacio. Los medios de comunicación sugerían un quiebre en el interior de la monarquía. La situación era una bomba, solo faltaba la mecha.

De la misma forma que los *djinn* ejecutaban sus manipulaciones, Zirah controlaba la mente de esta frágil mujer, y cada día que transcurría parecían unirse más, hasta que devinieron prácticamente en un solo ser. Cada viaje o movimiento que esta realizaba era vigilado por él. Si se movía desde la ciudad al palacio, era él quien la trasladaba.

La última noche de agosto de 1997, el tráfico en París parecía una selva amazónica; caminé hasta el túnel y los esperé de frente. Como aquella vez en Roma, sentía su presencia avanzando con fuerza. Zirah podía sentirme también. Me preparé para el impacto. Ninguno de los dos parecía moverse, pero nuestras mentes sostenían la mayor batalla que podíamos disputar. Cuando el auto estuvo a milímetros de chocar con mi cuerpo, una onda expansiva destruyó un radio de cien metros a la redonda. Mi cuerpo se estrelló con las paredes de concreto. El auto quedó abierto sobre la parte del conductor; en su interior, un solo cuerpo lleno de fragilidad, angustia y miedo, agonizaba. De Zirah nada, no había rastro.

Después del golpe me repuse. Más de alguien, porque pude notarlo, quedó atónito cuando me puse de pie. Sentí el temblor de la ira circulando por mis venas. Me pregunté si el ideal de "Cinco" tenía asidero, si las fuerzas en contraposición, alguna vez, habrían podido llegar a un acuerdo sin tener que usar la fuerza y la sangre. ¿Sería posible? ¿O la idea solo podía concebirse en la mente inocente de una humana incapaz de ver su realidad? Ese cuestionamiento, que entonces parecía lejano, muchos años más tarde cobraría un sentido misterioso.

X
El siglo oscuro

Libro del primero, Segunda de Crónicas.
Planeta Tiamat.

Después de tantas muertes, busqué una forma de bajar los niveles de maldad que había adquirido. Siempre quise ser humano y sentir como ellos, pero cada vez que estaba cerca de lograrlo, volvía a deshumanizarme; parecía algo imposible de alcanzar, aun cumpliendo con las misiones encomendadas para mantener el "equilibrio". He atentado contra mi raza y la de ellos. No me sentía bien. Regresé a un lugar donde la vida transcurría de forma diferente, con tranquilidad y hermetismo. Mi nave.

Fue un parpadeo, solo un parpadeo, pero eso bastó para que el mundo estuviera *ad portas* de la extinción.

Desperté en el año 2100, en la postguerra. Mientras estuve ausente, la tercera y la cuarta guerra mundial se habían desatado. Los países de América Latina, en una suerte de revolución onírica, se habían unificado para tomar el control de Europa. Nadie sabe cómo se logró semejante locura. Coincidentemente, una plaga de *djinns* inédita se esparció por los países del Tercer Mundo. Nada de esto fue azar, pero sé bien que nosotros, los grises, no podríamos haber planeado tal aberración.

El impacto fue tan brutal para el planeta que el único país superviviente, que por alguna razón anticipó los hechos, fue China. A excepción de algunos animales y plantas, nada vivía. O al menos eso pensaba yo.

Por increíble que pareciera, los chinos lograron sobrevivir y comenzar de nuevo. Esto pudo ser posible gracias a la mano de hierro de diez grandes familias que mantenían el monopolio desde tiempos muy antiguos. En un círculo hermético, decidieron refundar el país con otro nombre. Yi. Los Yi estaban estructurados de manera que todos sus habitantes, a excepción de la elite, pertenecían al mundo científico y trabajaban buscando avances en todas las áreas existentes. Después de cien años, por fin podían revelar sus verdaderas intenciones. Mantenían a los pocos supervivientes de otras etnias como si fueran ganado y los utilizaban para sus experimentos. El objetivo de los Yi era encontrar la inmortalidad. Quién pensaría que los humanos, después de tanto tiempo, aún pensaran en la vida eterna, la que incluso para nosotros jamás había sido concebida. Sin duda alguna, había alguien detrás de esta arcaica ilusión.

Recordé que era tiempo de buscar a "Seis". La descripción que tenía no aplicaba en esta era, y faltaban dos años para eliminar al objetivo. Tenía que esperar.

Algo no calzaba, así que decidí investigar. Recorrí la gran muralla china, que para entonces era la gran muralla Yi, buscando por sus pasajes algo que diera sentido a lo que veía. Pero no encontré nada concreto. Seguía pensando que algo no estaba bien. No era posible que solo un país permaneciese en pie. Así sucedió que, en una acción arriesgada, busqué de manera telepática otras voces y sonidos en la gran superficie del planeta. Fueron cuatro minutos de silencio. Unas voces nacieron en la Polinesia, en medio del océano Pacífico, cerca de Chile, un pequeño país que también fue destruido. No tenía tiempo para jugar ni recorrer lugares por diversión. En segundos, estuve frente a grandes monumentos de piedra, los increíbles y eternos moáis.

Era curioso que esta gente hubiera sobrevivido: resultaba inexplicable que aquella pequeña isla estuviera protegida por alguna barrera invisible. Fue fácil reconocer a los habitantes insulares: su piel era morena, estaba adornada por tatuajes y poseían largas cabelleras, por lo que encontrar a "Seis" fue algo rápido. De una choza salió un sujeto alto y delgado, de barba desordenada, fumando una pipa.

—¡*Buona giornata*! —dijo, levantando la mano en un gesto de bienvenida.

Un italiano en esta parte del mundo, ya nada parecía tan extraño después de tantos eventos inesperados. Su llegada a esta parte del planeta había tenido que ver con la historia misma de la isla. Era historiador y estaba enloquecido con la traducción del Rongo Rongo. A lo largo de estos años, "Seis" había conseguido lo que nadie pudo: comprender ese lenguaje tan misterioso. Estos escritos indicaban nada menos que la ubicación específica de unas ruinas que superaban en antigüedad a los monumentos de roca. La información señalaba que bajo el volcán Rano Kau estaba la ciudad de Kaushikau, en donde los moáis fueron construidos por un visitante de un planeta lejano: Ninzu.

Hasta para mí aquello era algo nuevo; si era cierto, los isleños podrían conocer quiénes fueron sus antecesores, y venerarlos otra vez. Era una verdad necesaria para ellos, mas para nosotros, todo lo contrario. Hemos tratado de parecer humanos durante mucho tiempo y, la verdad, el descubrimiento no ayudaba a nuestros propósitos.

Como mi aspecto era igual al de los aldeanos, mi presencia no fue cuestionada.

La excavación arqueológica era rudimentaria, pero estaba dando sus frutos. El volcán, donde alguna vez se alojó agua, estaba prácticamente seco. En el medio se hallaban las ruinas de la ciudad. Había torres gigantes, de veinte metros, hechas de una roca negra que yo reconocía bien: eran las mismas con las que estaban construidas las estructuras de los aposentos del rey Anu. Alrededor de estas, se encontraban dos grandes imágenes que representaban a los reyes de Ninzu, y, más pequeños, alcanzando la altura de las rodillas de los colosos reales, había imágenes muy similares a los moáis, si bien con algunas diferencias. La primera era que estas estatuas miraban al cielo y tenían las manos levantadas; la segunda, que sobre sus cuellos colgaban collares de oro con inscripciones en Rongo Rongo.

"Seis", con la ayuda de estudios y documentación de civilizaciones anteriores, logró descifrar estos secretos ancestrales, que durante estos miles de años fueron ignorados por quienes vivimos en Tiamat; incluso a nosotros, los grises, no nos habían sido revelados. Sin embargo, había algo que no cuadraba. ¿Cómo una persona sin ayuda pudo traducir el Rongo Rongo? Durante los dos años que siguieron, estuve en la comitiva de trabajo y en las ruinas, y logré dar con el fragmento incógnito de este rompecabezas. El traductor.

Cuando llegué a este planeta tenía un sueño, algo que le daba sentido a una vida que jamás había tenido. La inteligencia era una de las facultades que heredamos de forma natural, pero encontrar este tipo de cualidades en los humanos era bastante difícil, a no ser que existiese algún tipo de intervención, como la mezcla de nuestras razas. La persona, la traductora, era una niña de diez años: se trataba de algo espectacular de ver. No solo era brillante, su personalidad era difícil, no hablaba más que para comunicarse con "Seis". Se alimentaba de fruta y peces crudos y meditaba durante algunas horas los viernes, al ponerse el sol, bajo un árbol cerca de Anakena. Era demasiado fascinante para ser mortal, pero aun así seguía siendo humana, la mejor que hubiese visto hasta ese momento.

Los dos años pasaron. Lamentaba lastimar a la hermosa niña, pero ella nunca se habría de enterar de los sucesos venideros.

Un 9 de julio de 2148, maté a "Seis". Repasé el plan una y otra vez, durante cuatrocientos días. El sol brillaba tanto que era imposible ver bien las ruinas y las grandes construcciones. Entonces, algo siniestro y ruidoso se escuchó en el amplio cráter. Una de las torres colapsó, llevándose con ella la estatua gigante de uno de los dioses y la mitad de los moáis. Una tragedia para quienes habían descifrado los secretos del origen de Tiamat. No solo los hallazgos se habían perdido, sino que la mitad de los pascuenses que nos acompañaban yacían bajo las enormes rocas. Bajo una cabeza de piedra, aplastado, se encontraba el cuerpo de mi presa; lo único que quedó reconocible fue su mano.

Los que logramos salir ilesos nos dirigimos a la aldea. Los rostros eran de una tristeza abrumadora. Una en particular me helaba los huesos. No recuerdo haber sentido algo así por nadie: no solo era angustia, sino también empatía y, por qué no decirlo, dolor. Lo que ella experimentaba yo lo sentía duplicado. Yo no sabía cómo detener ese sentir tan horrible.

—¡Mariana! Ven aquí, querida niña —dijo una mujer, rompiendo el mutismo de quienes volvíamos al pueblo. Ambas se abrazaron.

Mariana Filipo era su nombre. El hombre que yo había matado en el cráter del volcán era su tío, el esposo de la hermana de su madre; el único sobreviviente de su familia y quien la cuidaba. Me pregunté cómo podría haberlo evitado, de qué manera. Aún con todo mi poder, no podía revertir tal dolor, que hacía eco en el fondo de mi pecho. Solo me quedaba cargar con ello.

Los días fueron pasando y necesitaba, deseaba, estar cerca de ella. Dejé el cuerpo que estaba utilizando para tomar uno que estuviera más acorde a su edad.

Ocurrió que cuando ella meditaba, yo me acomodaba en otro árbol, meditando también. Cuando ella comía fruta y pescado, yo también lo hacía. Luego de siete días me habló por primera vez.

—¿Por qué haces lo mismo que yo? —preguntó con firmeza.

—Quiero estar cerca de ti —respondí un poco asustado.

—Si no quiero que estés cerca, ¿te irás? —dijo, mirándome con fijeza. Estaba absorto en las pocas palabras que salieron de su boca. Paralizado, de hecho. Volvió a dirigirse a mí—. ¿Me estás escuchando? ¡No quiero que te me acerques!

Esto habría funcionado si yo fuera un terrestre normal, pero mi sangre gris explotaba en una emoción inexplicable de sentimientos humanos. Seguí la misma rutina, esperando que ella me aceptara. El día en que cumplió once años, le dejé en su lugar de meditación un regalo: una piedra esmeralda que había guardado desde la época de Cleopatra, esperando que, como la gran monarca, mi anfitriona estuviera feliz. Ella sabía el valor de aquel objeto y se sintió, por primera vez, interesada en mí. Desde ese día nunca más volvimos a separarnos: trabajamos a la par en las pocas ruinas que aún quedaban y resolvimos juntos los misterios de un tiempo remoto, así como el de la civilización perdida que gobernó el globo.

Seguí las normas de alimentación y las reglas de la vida humana. Cuando tuvimos edad para casarnos, lo hicimos en la playa, con toda la comunidad presente.

Había encontrado la paz y, con ello, regalos que nunca esperé.

Ahora tenía una esposa y en su vientre se gestaba el fruto de una nueva generación. Por muchos años perseguí aquello que ahora estaba viviendo. Entendí que la muerte y la vida forman parte de un mismo juego; que los caminos pueden ser distintos, pero los motivos para lograr nuestros objetivos justifican los medios para obtener el resultado. Había derribado incontables murallas para llegar a este punto en mi vida: destruí infinidad de almas, maté, conspiré y traicioné por este momento minúsculo. No obstante, ser gris y haberme convertido por fin en humano tendría para mí un costo aún más alto, uno que no estaba seguro de poder pagar.

El día en que mi esposa estaba dando a luz, un cuervo apareció en la choza donde vivíamos, uno de ojos rojos, con un mensaje que nuevamente me convertiría en traidor. Ya no eran seis los nombres de quienes había que matar para preservar el futuro de la raza humana, pues se había agregado un séptimo nombre.

Quinto
La tribu K-Pak

Año desconocido en el futuro, después del cataclismo.

Aparezco sin tapujos, pero no me presento. Mi actitud causa recelo en la tribu, excepto en la madre de la niña, cuyo cuerpo he usurpado. A ella parece no importarle el cambio. Leo su mente. Sabe la verdad, pero sigue actuando de forma normal: su amor maternal está fuera de toda lógica. Decido dejar de hablarle.

Visito a la anciana ciega para recabar información. Apenas entro, sus ojos se fijan en los míos, como si pudiese verme a pesar de las cataratas.

—Puedo verte, Parupak —pronuncia con voz débil—. Responderé.

Se acerca a mí. Sopla un polvo rojo en mi cara. Mi vista se desvanece de a poco. La voz de la anciana gana terreno. Me siento lejos de todo, de mi pasado, de mis recuerdos, de mis preguntas, incluso de mí mismo. Abro los ojos. Presencio el origen de la tribu K-Pak. Veo a un pequeño niño vestido con harapos sucios. El sol se tiñe de sangre. Se oscurece el mundo. Escucho un estruendo que proviene del fondo de la tierra. Las aguas se fusionan con la tierra en una masa de incontables colores. Animales, aves, humanos y plantas son absorbidos por el torbellino. Silencio. Lo que alguna vez habitó la superficie de la tierra se ha transformado en una bola que emite destellos.

Lo único intacto es aquel niño. Luego viene la explosión. La luz vuelve a nacer. Siete días después, llueve. Cuando deja de llover, la naturaleza se expande nuevamente. El infante se vuelve adulto y recorre la inmensidad del nuevo mundo. La tranquilidad parece eterna. Un nuevo destello. Una mujer entra en escena. Es el inicio de los K-Pak.

Despierto al lado de un fuego que la anciana alimenta con pequeños leños.

—Las respuestas que buscas te esperan tras la cascada —dice—, no pierdas más tiempo.

Me incorporo y, veloz, me dirijo hacia la caída de agua. La espuma salpica en mi rostro. Atravieso la cortina de agua. Hay un monolito de roca pulida. Un libro yace en lo alto del monumento. En su portada puedo leer: *Habitant*.

Lo alcanzo, acaricio las tapas de cuero, lo abro y comienzo a leer.

Epílogo

Durante un breve momento, sostengo mi respiración. Espiro e inspiro de modo profundo, tanto que el aire que sale de mis pulmones hace eco en la amplia caverna protegida por la cascada. Comprendo. Soy un gris. Desperté en mi nave averiada. Mi existencia es y ha sido longánima y facetada. Sé por qué estoy en este planeta, que hasta entonces creía mío; hasta ahora me había sentido terrestre. Pero no lo soy. Las páginas del libro que tengo entre mis manos lo cambian todo. Los hechos narrados se sienten familiares. Los humanos y sus particularidades cobran sentido. Mi propia extrañeza se hace natural.

Vuelvo a inspirar. Faltan páginas por leer. Siento una profunda tristeza. Una desolación que supera mi incómodo estado inicial de amnesia. Debo seguir leyendo. Necesito, como el *uroboros*, unir mis dos vidas y decidir si cumplir mi propósito inicial —convertirme en humano— o buscar un nuevo objetivo.

¿Cómo finalizará mi aventura en Tiamat?

Este libro se imprimió en los Talleres de AGP
Chile
Primera edición 100 ejemplares.